当代书法名家书五体古诗百首

云　平
楷书古诗百首

云　平书

河南美术出版社

图书在版编目(CIP)数据

云平楷书古诗百首／云平书.－郑州：河南美术出版社，2007.3

ISBN 978-7-5401-1547-0

Ⅰ.云…　Ⅱ.云…　Ⅲ.楷书－书法－作品集－中国－现代　Ⅳ.J292.28

中国版本图书馆CIP数据核字（2006）第162470号

书　　名　云平楷书古诗百首
作　　者　云　平
责任编辑　谷松章　谷国伟
责任校对　李南生
设计制作　河南金鼎美术设计制作有限公司
出版发行　河南美术出版社
地　　址　郑州市经五路66号
电　　话　（0371）65727637
传　　真　（0371）65737183
印　　刷　河南地质彩色印刷厂
开　　本　889mm × 1194mm　1/16
字　　数　50千字
印　　张　7
印　　数　3000册
版　　次　2007年3月第1版
印　　次　2007年3月第1次印刷
书　　号　ISBN 978-7-5401-1547-0
定　　价　25.00元

前言

从二十世纪七十年代末至今近三十年来，随着我国改革开放和经济建设的迅速发展，神州大地上出现了一个经久不衰的书法热潮，无数的书法家与爱好者共同营造出一片书法热土，把当代中国书法艺术不断推向新的高峰。书法艺术正在为构造和谐社会、净化人们的灵魂发挥着潜在的作用。

不同年龄、不同职业的广大书法作者和爱好者从数量上构成了当代书法人群的主体，是当代书法之所以能达到历史高度的基础。对于专业书法工作者来说，努力使书法走向社会各方面、走进千家万户、关心基层书法队伍是一种责任。加强基础建设是使当代书法可持续发展的重要工作。为此，河南美术出版社推出了这一套普及型的书法创作丛书，供广大的书法爱好者在创作中参考学习。这个选题是适应当代书法发展所需要的。

这一套丛书选了一百首内容健康、人们喜闻乐见的古诗，请五位著名书家分别用篆、隶、楷、行、草五体书写，每页一首，每首都作为一件完整的书法作品来创作。因为这套丛书的对象是广大书法爱好者，所以从所选内容到创作的形式、风格都注意到了通俗性与普及性，作品不但要体现出每种书体的创作共性规律，而且体现着每位书家的创作个性；在创作中不但涉及到字法、章法、墨法等各方面，而且要在统一中求变化。这个选题给每位参与创作的书家提出了很高的要求，虽然这是一套普及型的丛书，但在创作中涉及了很多专业性、学术性内容，如古文字学的原则与书法创作的艺术指向之间的把握，创作中的一般规律与每位作者创作个性的把握，百幅作品中的统一性与丰富性的把握，等等，其创作难度是很大的。这与写普及本的教材一样，需要多方面的知识、修养与创作经验的积累才能完成。普及内容并不等同于普通水平，只有用大手笔来做小事情，才能把事情做得完美。

愿广大书法爱好者能喜爱这套丛书。

张海

二〇〇六年初秋

目录

大风歌

汉 · 刘邦

大风起兮云飞扬，
威加海内兮归故乡，
安得猛士兮守四方。

東臨碣石以觀滄海水何澹澹山島竦峙
樹木叢生百草豐茂秋風蕭瑟洪波湧起
日月之行若出其中星漢燦爛若出其裏
幸甚至哉歌以詠志

观沧海

三国 · 曹操

东临碣石，以观沧海。
水何澹澹，山岛竦峙。
树木丛生，百草丰茂。
秋风萧瑟，洪波涌起。
日月之行，若出其中。
星汉灿烂，若出其里；
幸甚至哉；歌以咏志。

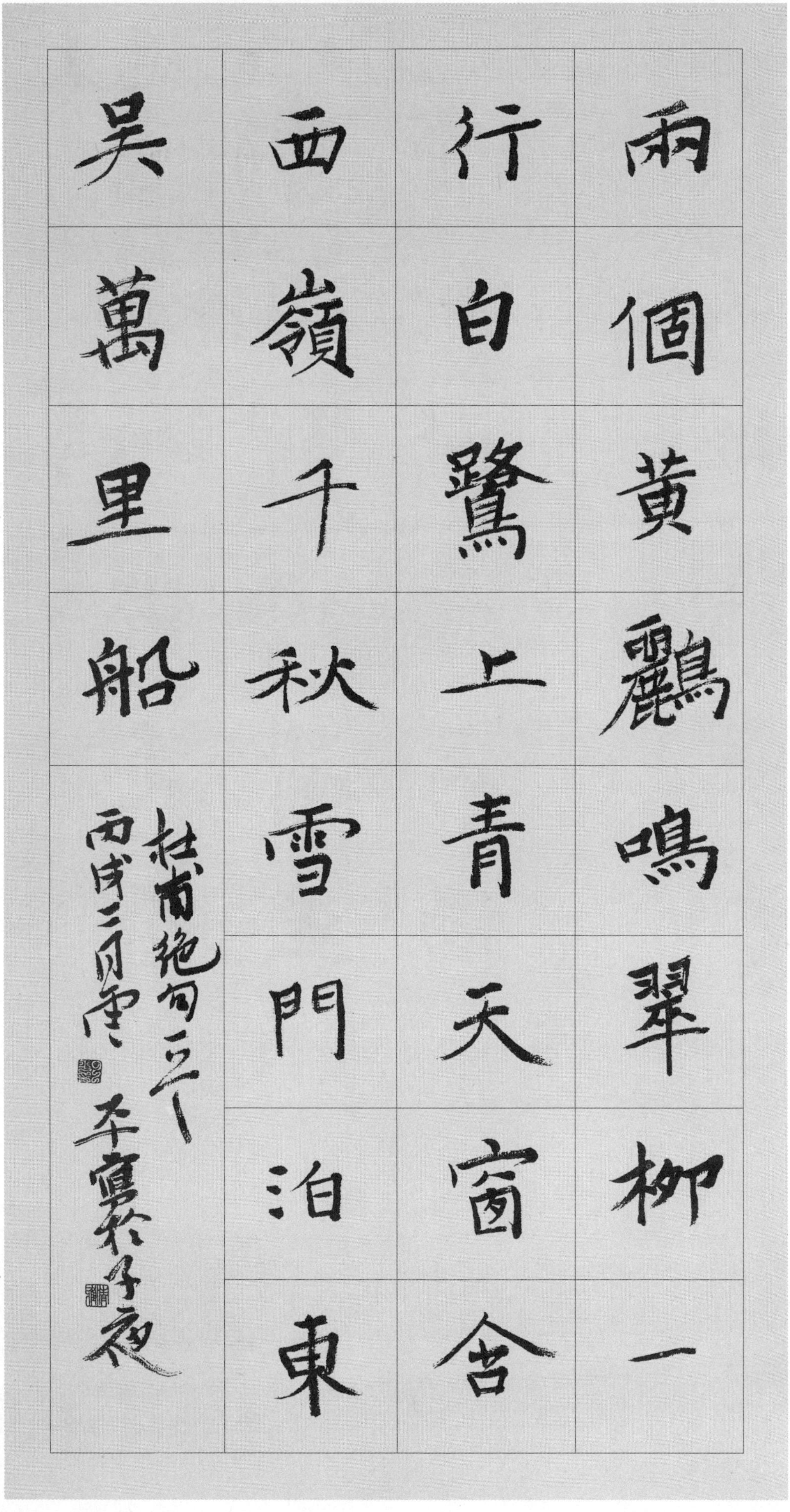
兩個黄鸝鳴翠柳
一行白鷺上青天
窗含西嶺千秋雪
門泊東吳萬里船
杜甫絕句一首

绝　句

唐 · 杜甫

两个黄鹂鸣翠柳，
一行白鹭上青天。
窗含西岭千秋雪，
门泊东吴万里船。

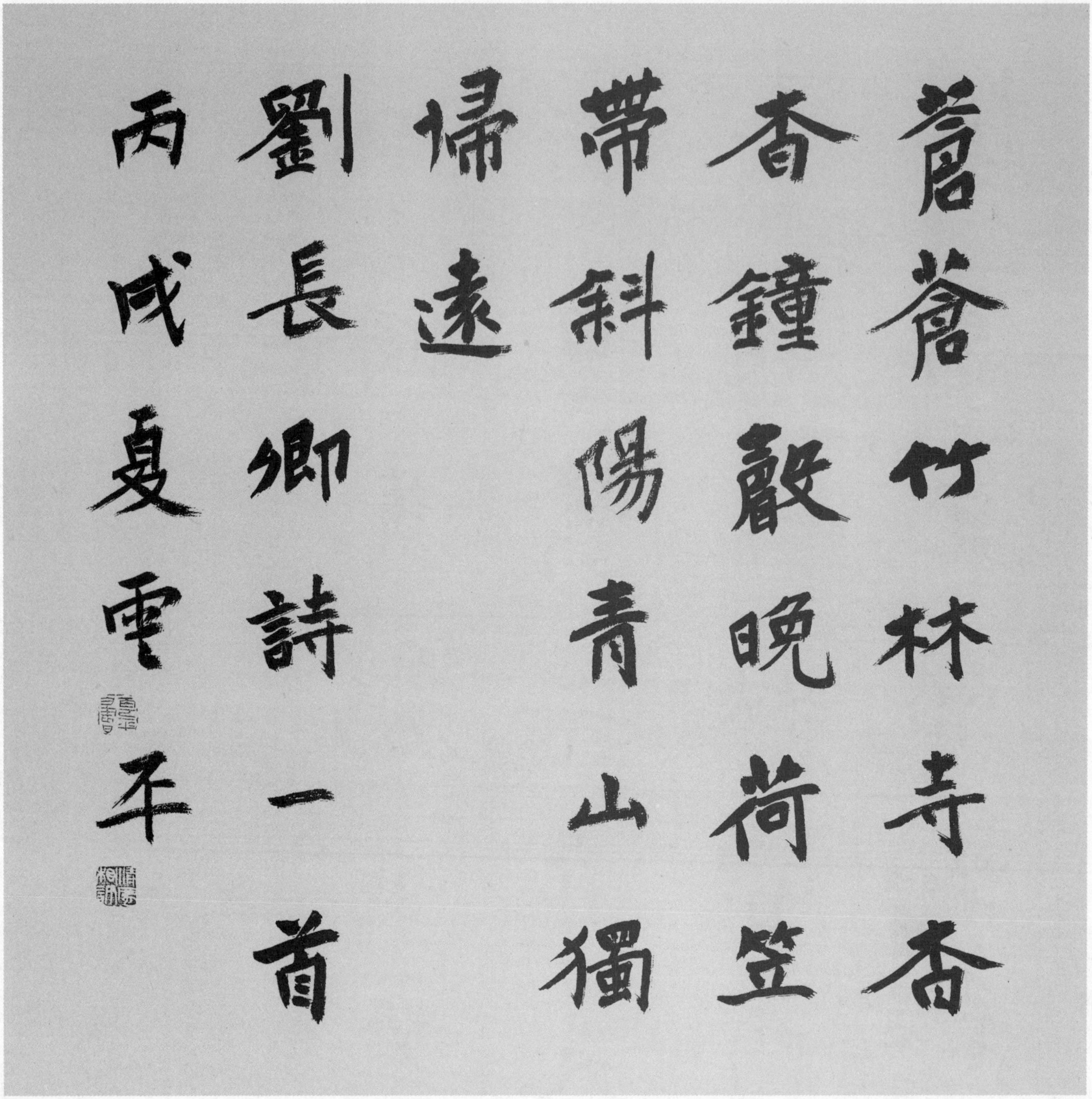
蒼蒼竹林寺杳
杳鐘聲晚荷笠
帶斜陽青山獨
歸遠
劉長卿詩一首
丙戌夏雲平

送灵澈上人

唐 · 刘长卿

苍苍竹林寺，
杳杳钟声晚。
荷笠带斜阳，
青山独归远。

好雨知時節當春乃發生
隨風潛入夜潤物細無聲
野徑雲俱黑江船火獨明
曉看紅濕處花重錦官城
杜工部詩
雲平寫

春夜喜雨

唐 · 杜甫

好雨知时节，当春乃发生。
随风潜入夜，润物细无声。
野径云俱黑，江船火独明。
晓看红湿处，花重锦官城。

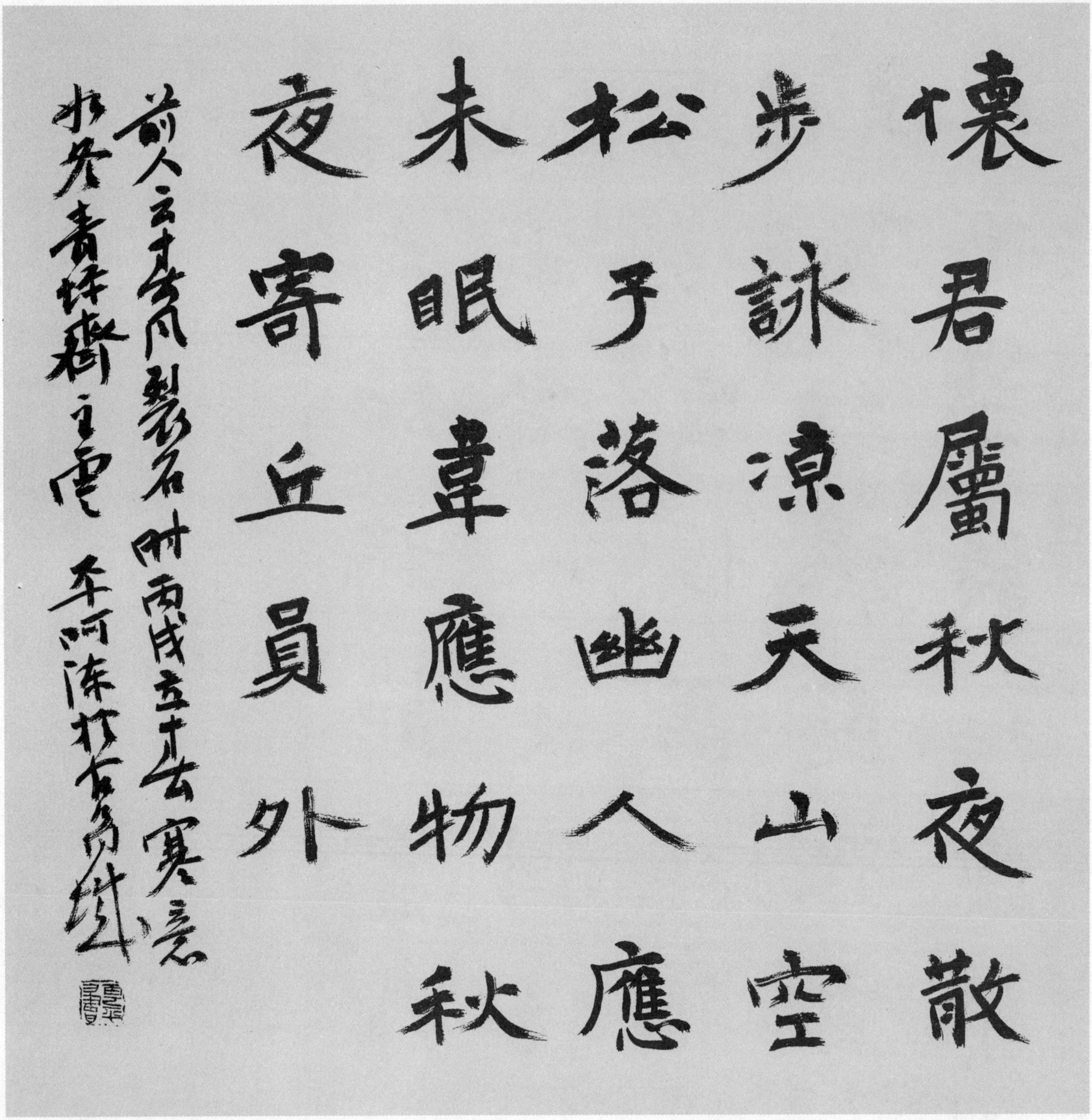

秋夜寄丘员外

唐 · 韦应物

怀君属秋夜，
散步咏凉天。
山空松子落，
幽人应未眠。

咬定青山不放鬆立根原在破
巖中千磨萬擊還堅勁任爾東
西南北風
鄭板橋詩

题竹石

清·郑燮

咬定青山不放松，
立根原在破岩中。
千磨万击还坚劲，
任尔东西南北风。

远山钟

唐 · 钱起

风送出山钟，
云霞渡水浅。
欲寻声尽处，
鸟灭寥天远。

日照香爐生紫
煙遥看瀑布掛
前川飛流直下
三千尺疑是銀
河落九天

望庐山瀑布

唐 · 李白

日照香炉生紫烟，
遥看瀑布挂前川。
飞流直下三千尺，
疑是银河落九天。

滕王高閣臨江渚佩玉鳴鸞罷歌舞畫棟
朝飛南浦雲珠簾暮捲西山雨閑雲潭影
日悠悠物換星移幾度秋閣中帝子今何
在檻外長江空自流

滕王阁

唐 · 王勃

滕王高阁临江渚，佩玉鸣鸾罢歌舞。
画栋朝飞南浦云，珠帘暮卷西山雨。
闲云潭影日悠悠，物换星移几度秋。
阁中帝子今何在？槛外长江空自流。

天街小雨潤如
酥草色遙看近
卻無最是一年
春好處絕勝煙
柳滿皇都

早春呈水部张十八员外

唐 · 韩愈

天街小雨润如酥，
草色遥看近却无。
最是一年春好处，
绝胜烟柳满皇都。

芙蓉楼送辛渐

唐 · 王昌龄

寒雨连江夜入吴，
平明送客楚山孤。
洛阳亲友如相问，
一片冰心在玉壶。

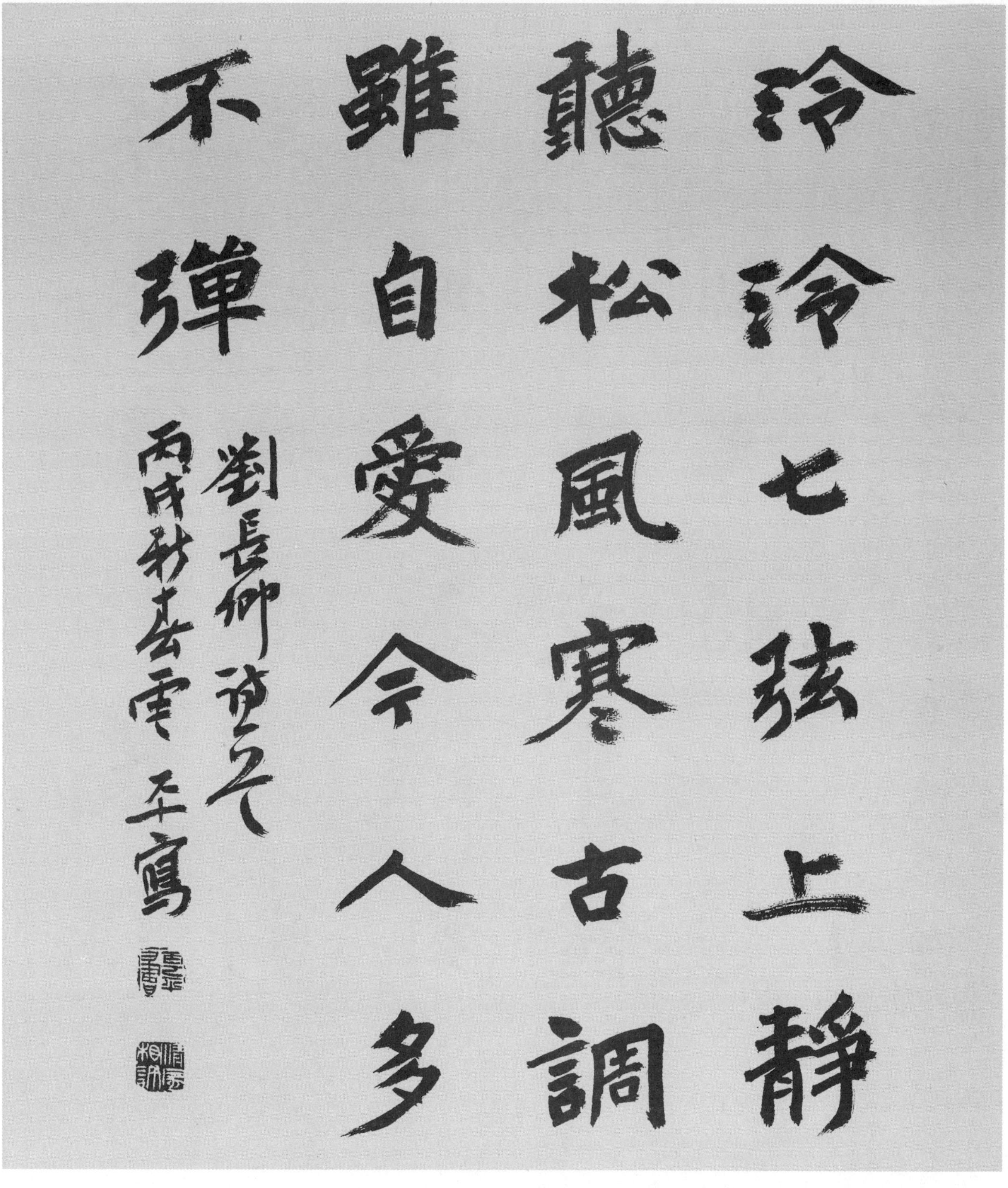

听弹琴

唐 · 刘长卿

泠泠七弦上，
静听松风寒。
古调虽自爱，
今人多不弹。

枫桥夜泊

唐 · 张继

月落乌啼霜满天，
江枫渔火对愁眠。
姑苏城外寒山寺，
夜半钟声到客船。

望天门山

唐 · 李白

天门中断楚江开，
碧水东流至此回。
两岸青山相对出，
孤帆一片日边来。

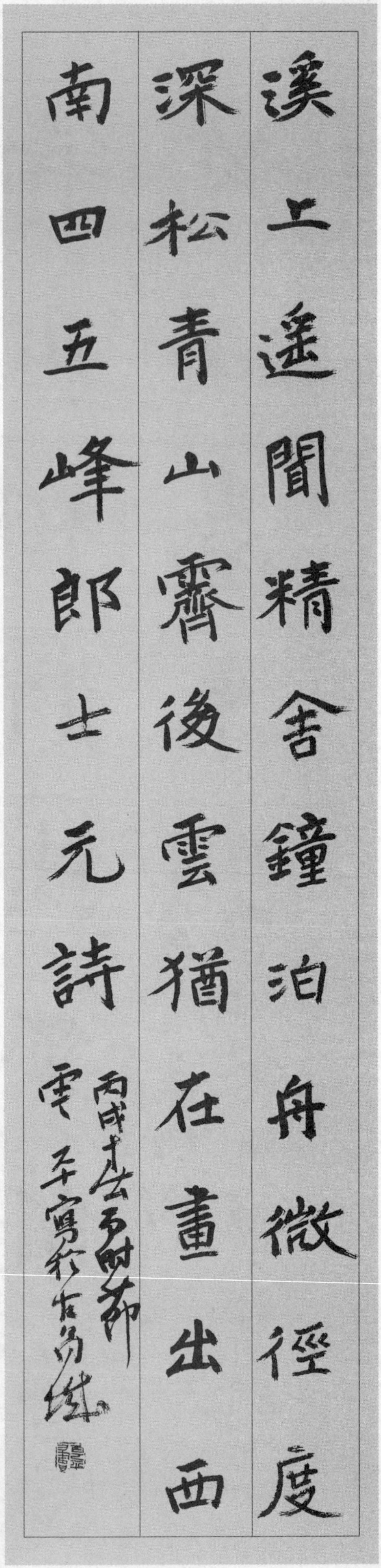
溪上遥聞精舍鐘泊舟微徑度
深松青山霽後雲猶在畫出西
南四五峰郎士元詩

柏林寺南望

唐 · 郎士元

溪上遥闻精舍钟，
泊舟微径度深松。
青山霁后云犹在，
画出西南四五峰。

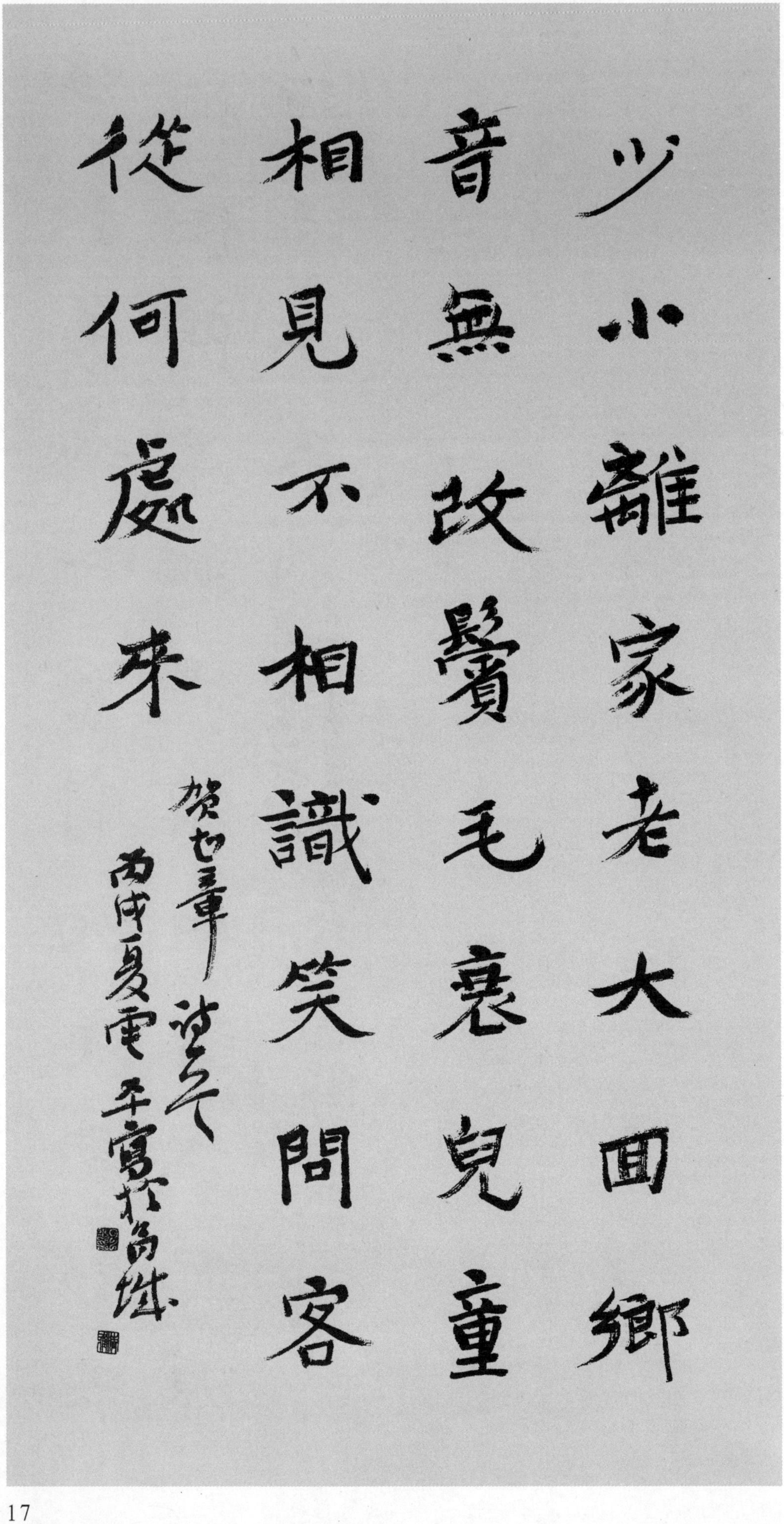
少小離家老大回鄉
音無改鬢毛衰兒童
相見不相識笑問客
從何處來

回乡偶书

唐 · 贺知章

少小离家老大回，
乡音无改鬓毛衰。
儿童相见不相识，
笑问客从何处来？

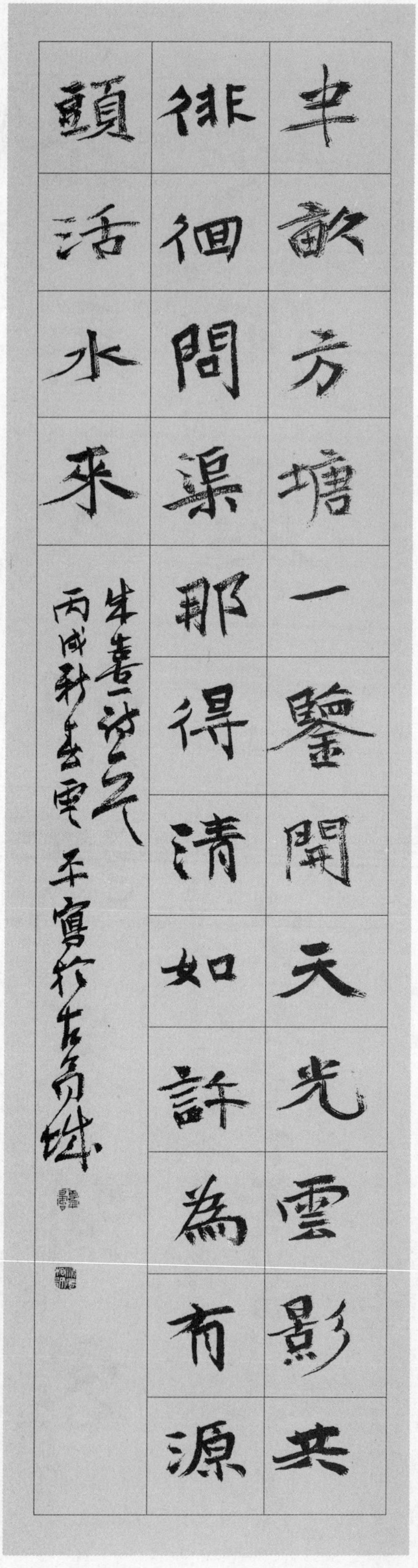

观书有感

宋 · 朱熹

半亩方塘一鉴开，
天光云影共徘徊。
问渠那得清如许？
为有源头活水来。

山居秋暝

唐 · 王维

空山新雨后，天气晚来秋。
明月松间照，清泉石上流。
竹喧归浣女，莲动下渔舟。
随意春芳歇，王孙自可留。

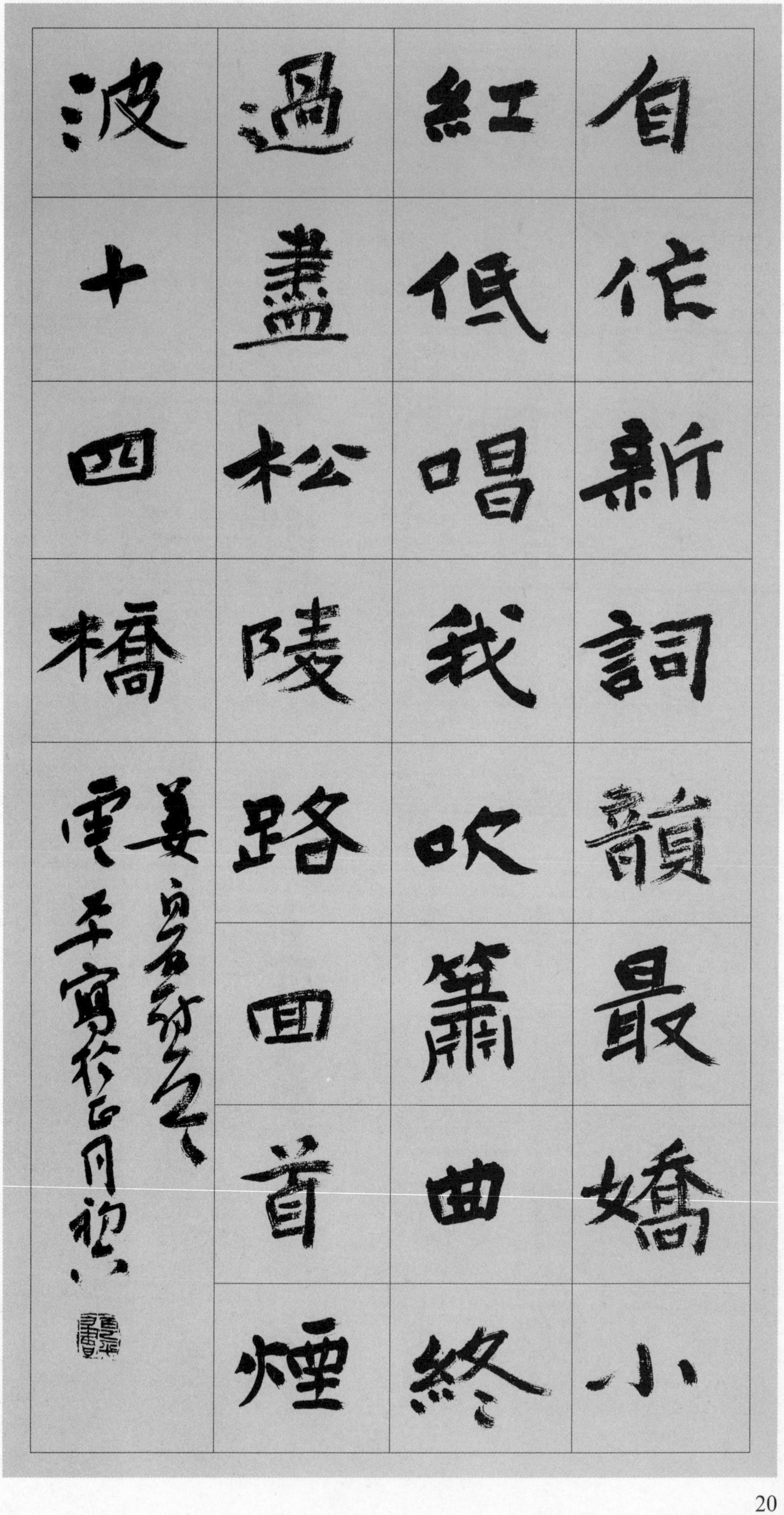

过垂虹

宋 · 姜夔

自作新词韵最娇，
小红低唱我吹箫。
曲终过尽松陵路，
回首烟波十四桥。

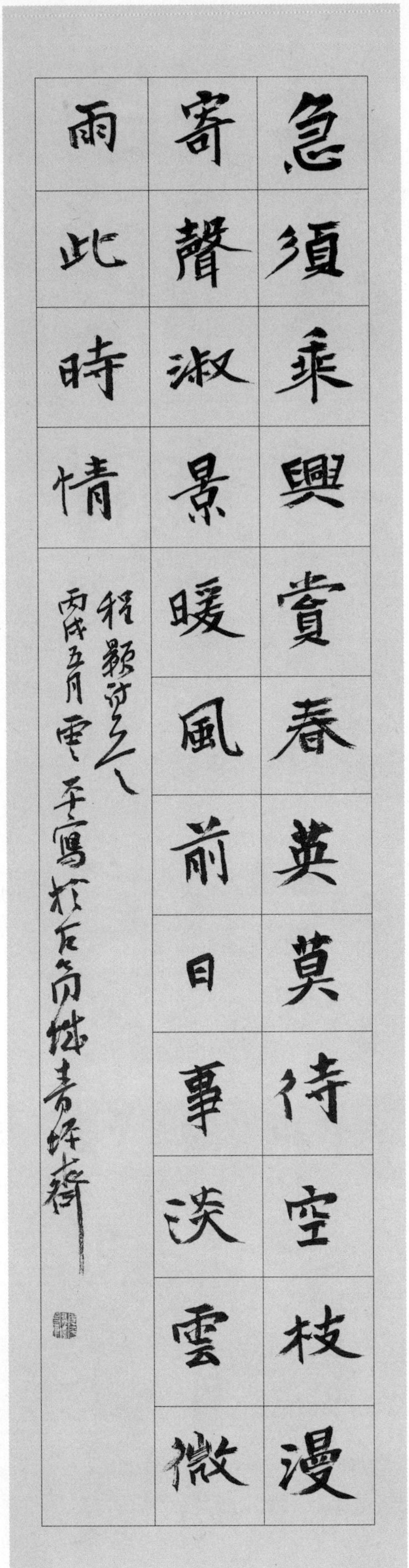

和诸公梅台

宋 · 程颢

急须乘兴赏春英，
莫待空枝漫寄声。
淑景暖风前日事，
淡云微雨此时情。

泉眼無聲惜細流樹陰照水愛
晴柔小荷纔露尖尖角早有蜻
蜓立上頭 楊萬里詩

小 池

宋 · 杨万里

泉眼无声惜细流，
树阴照水爱晴柔。
小荷才露尖尖角，
早有蜻蜓立上头。

朱雀橋邊野草
花烏衣巷口夕
陽斜舊時王謝
堂前燕飛入尋
常百姓家
右唐朝
劉禹錫烏衣巷
平寫

乌衣巷

唐 · 刘禹锡

朱雀桥边野草花，
乌衣巷口夕阳斜。
旧时王谢堂前燕，
飞入寻常百姓家。

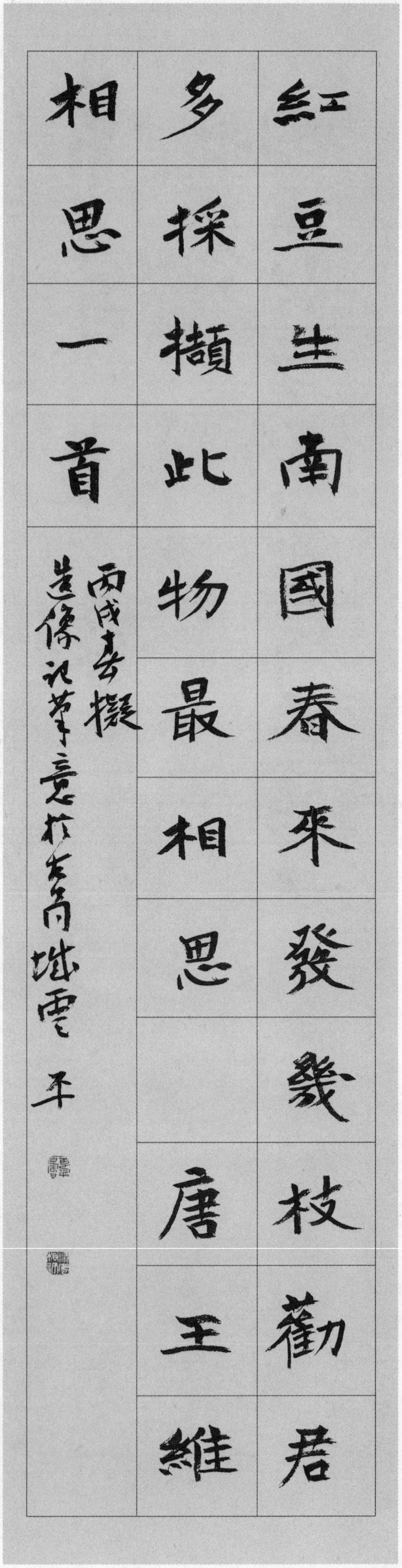

相 思

唐 · 王维

红豆生南国，
春来发几枝。
劝君多采撷，
此物最相思。

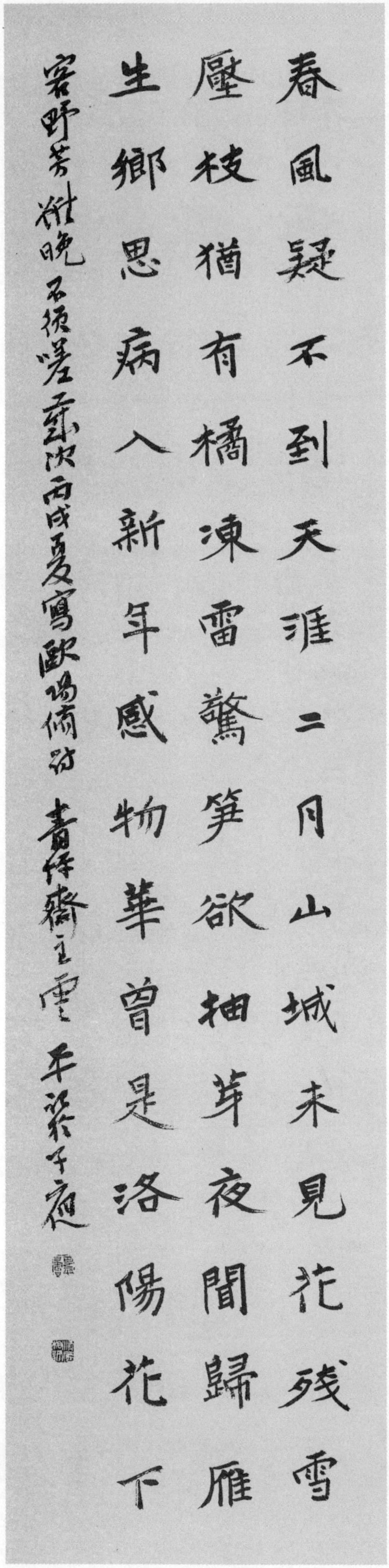
春風疑不到天涯二月山城未見花殘雪
壓枝猶有橘凍雷驚筍欲抽芽夜聞歸雁
生鄉思病入新年感物華曾是洛陽花下

戏答元珍

宋 · 欧阳修

春风疑不到天涯，二月山城未见花。
残雪压枝犹有橘，冻雷惊笋欲抽芽。
夜闻归雁生乡思，病入新年感物华。
曾是洛阳花下客，野芳虽晚不须嗟。

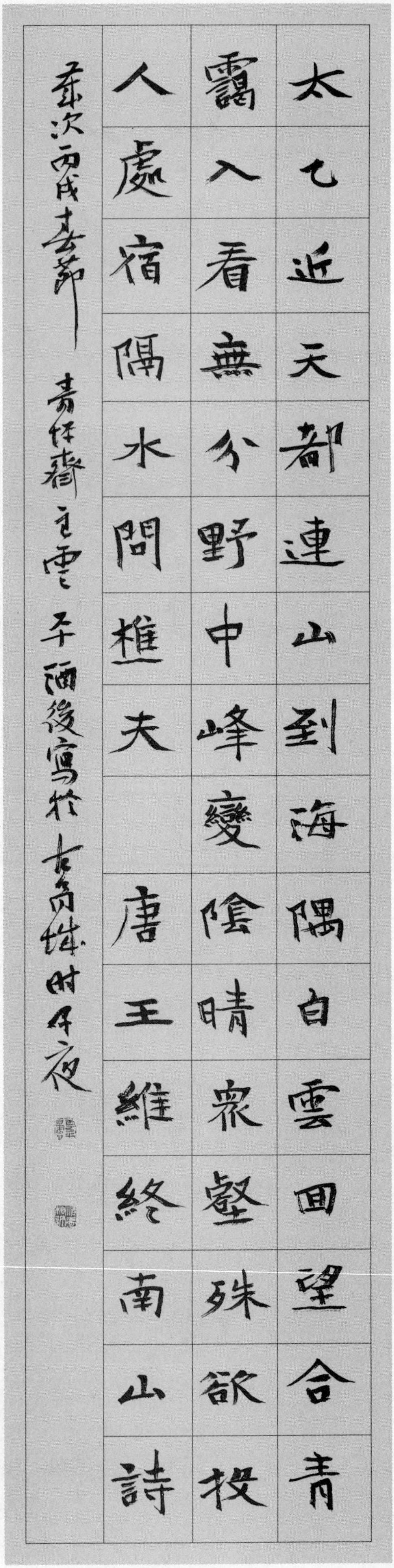
太乙近天都連山到海隅白雲回望合青
靄入看無分野中峰變陰晴衆壑殊欲投
人處宿隔水問樵夫
唐王維終南山詩

终南山

唐 · 王维

太乙近天都，连山到海隅。
白云回望合，青霭入看无。
分野中峰变，阴晴众壑殊。
欲投人处宿，隔水问樵夫。

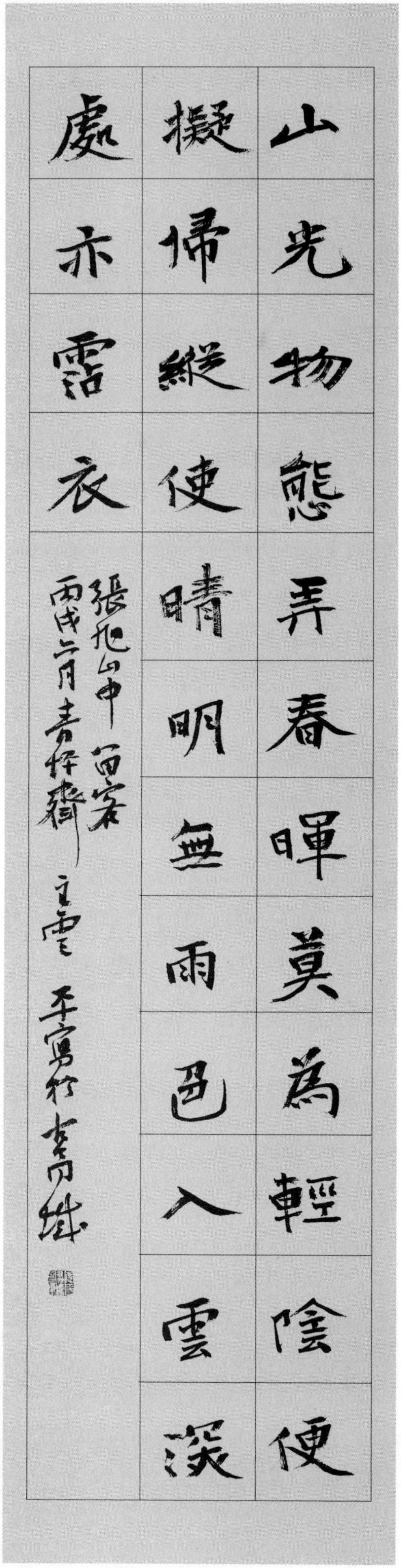

山中留客

唐 · 张旭

山光物态弄春晖，
莫为轻阴便拟归。
纵使晴明无雨色，
入云深处亦沾衣。

千錘萬鑿出深
山烈火焚燒若
等閑粉骨碎身
渾不怕要留清
白在人間

石灰吟

明 · 于谦

千锤万凿出深山，
烈火焚烧若等闲。
粉骨碎身浑不怕，
要留清白在人间。

風勁角弓鳴將軍獵渭城
草枯鷹眼疾雪盡馬蹄輕
忽過新豐市還歸細柳營
回看射雕處千里暮雲平
王維詩一首 雲平

观　猎

唐 · 王维

风劲角弓鸣，将军猎渭城。
草枯鹰眼疾，雪尽马蹄轻。
忽过新丰市，还归细柳营。
回看射雕处，千里暮云平。

江　行

唐 · 钱起

帆翅初张处，
云鹏怒翼同。
莫愁千里路，
自有到来风。

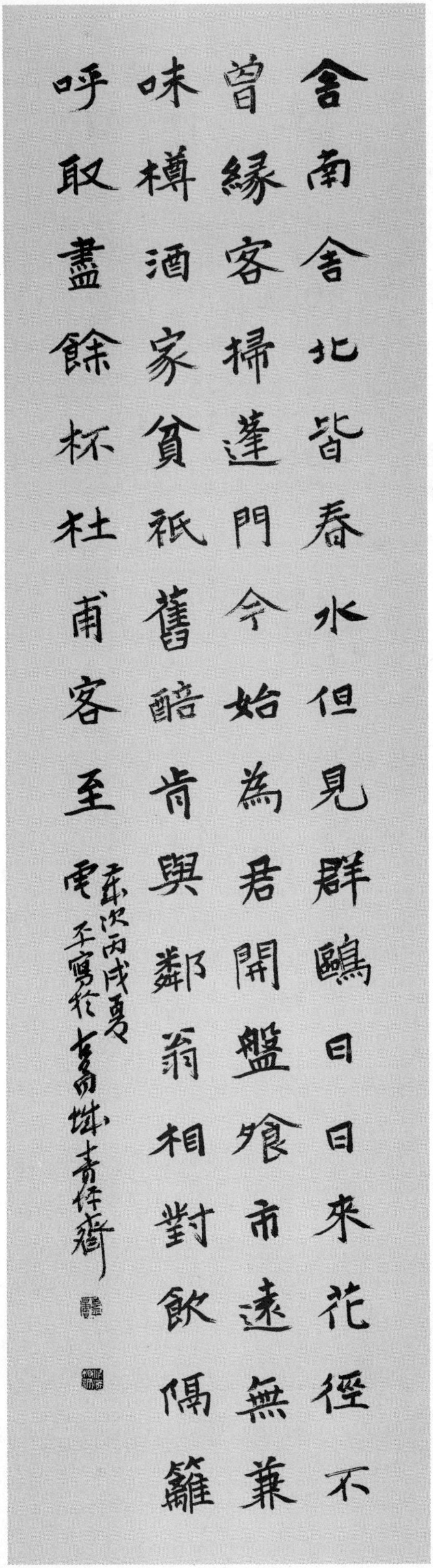
舍南舍北皆春水但見群鷗日日来花徑不
曾緣客掃蓬門今始為君開盤飧市遠無兼
味樽酒家貧祇舊醅肯與鄰翁相對飲隔籬
呼取盡餘杯杜甫客至

客　至

唐 · 杜甫

舍南舍北皆春水，但见群鸥日日来。
花径不曾缘客扫，蓬门今始为君开。
盘飧市远无兼味，樽酒家贫只旧醅。
肯与邻翁相对饮，隔篱呼取尽馀杯。

山 中

唐·王维

荆溪白石出，
天寒红叶稀。
山路元无雨，
空翠湿人衣。

遠山蒼翠近山無此是江南六月圖一片雨聲知未罷澗流百道下平湖

为王学士题米元章
溪山骤雨横幅

元 · 吴镇

远山苍翠近山无，
此是江南六月图。
一片雨声知未罢，
涧流百道下平湖。

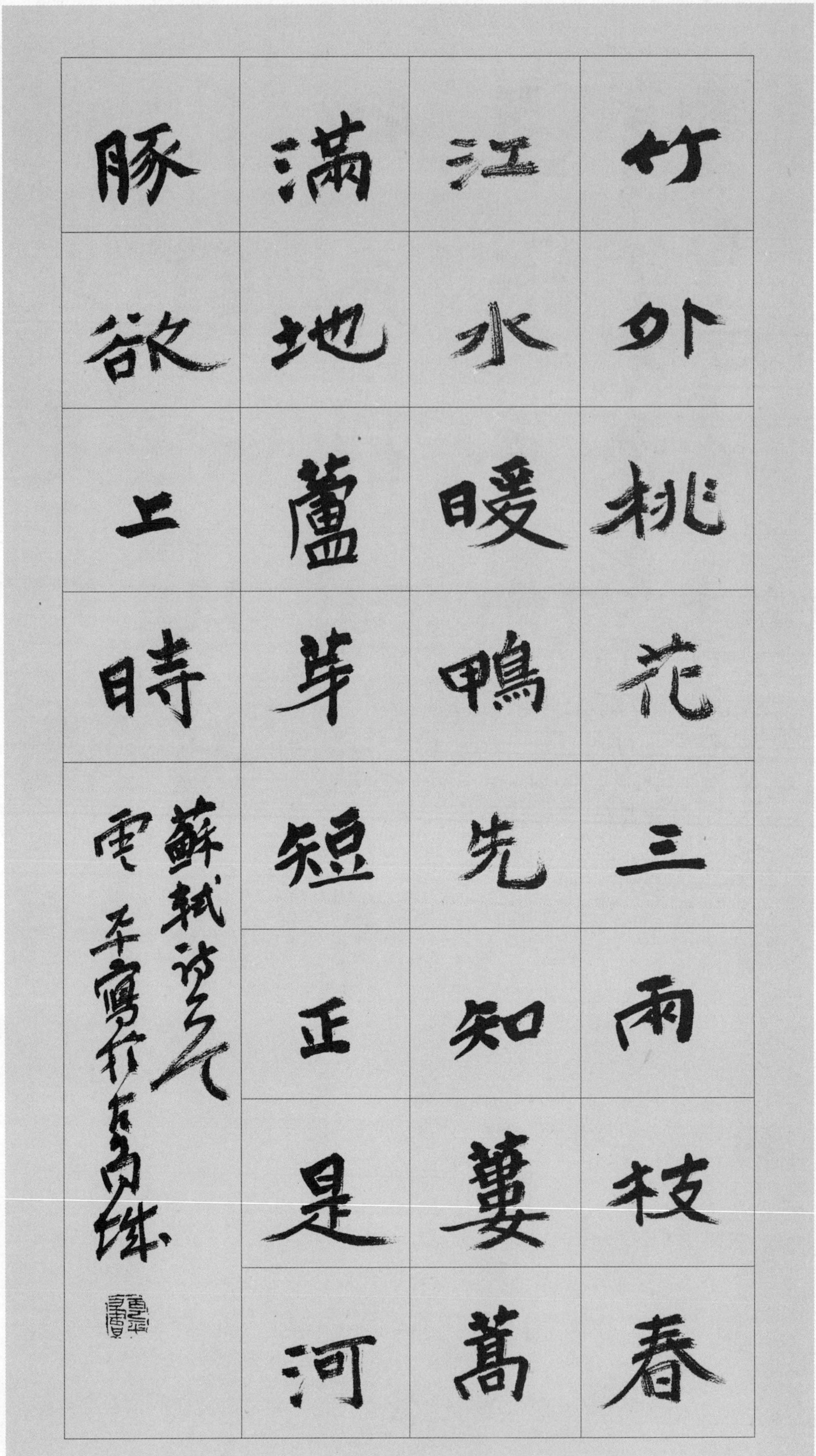
竹外桃花三兩枝春
江水暖鴨先知蔞蒿
滿地蘆芽短正是河
豚欲上時

惠崇春江晚景

宋 · 苏轼

竹外桃花三两枝，
春江水暖鸭先知。
蒌蒿满地芦芽短，
正是河豚欲上时。

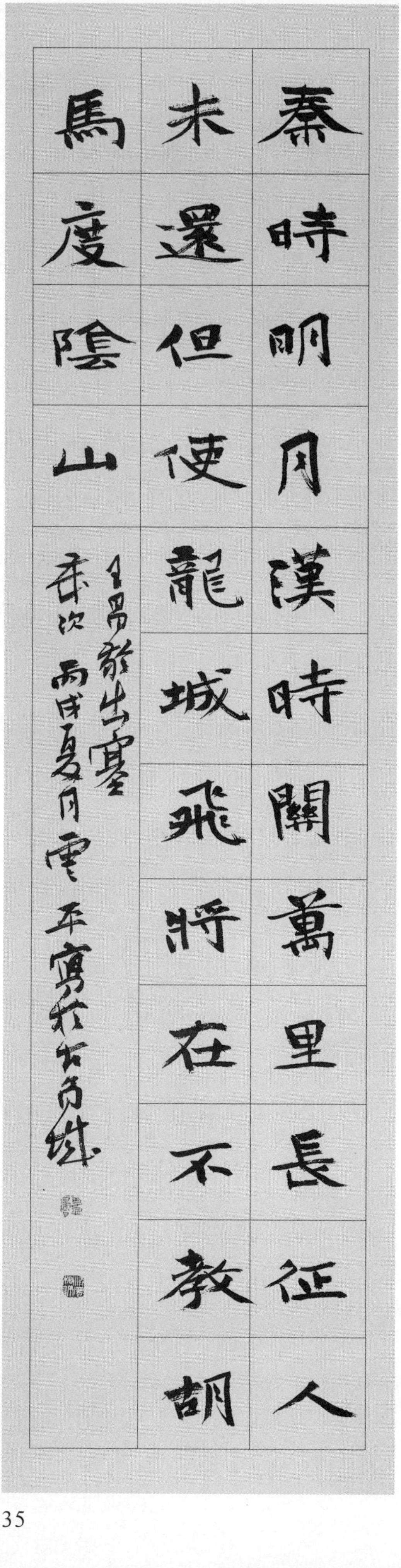

出 塞

唐 · 王昌龄

秦时明月汉时关，
万里长征人未还。
但使龙城飞将在，
不教胡马度阴山。

丰乐亭游春

宋 · 欧阳修

红树青山日欲斜，
长郊草色绿无涯。
游人不管春将老，
来往亭前踏落花。

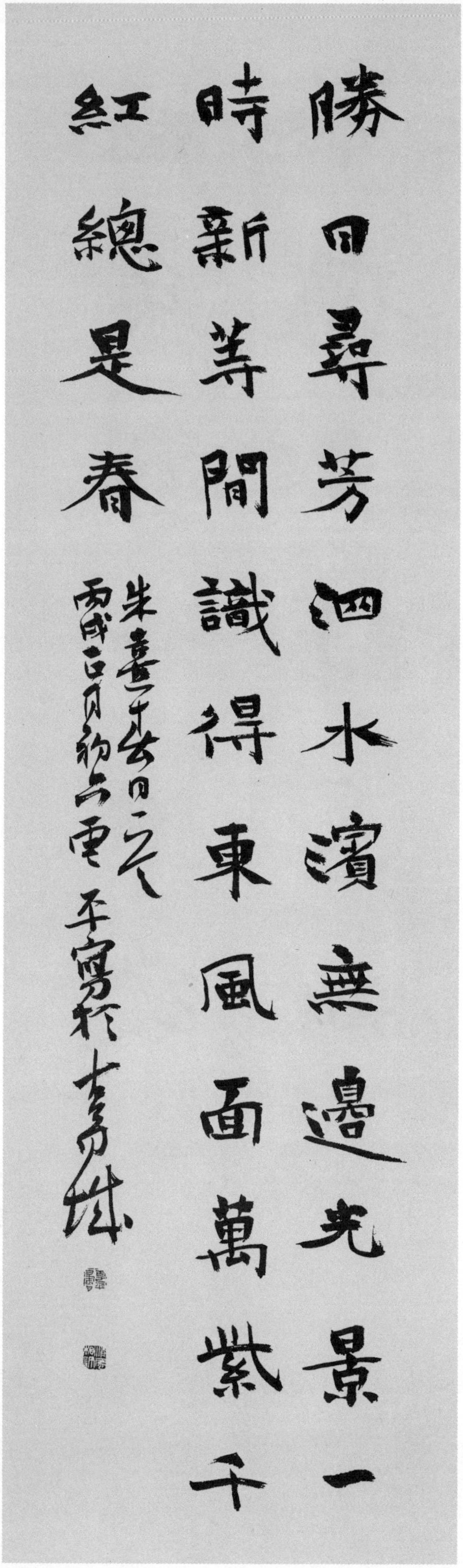

春　日

宋 · 朱熹

胜日寻芳泗水滨，
无边光景一时新。
等闲识得东风面，
万紫千红总是春。

牆角數枝梅凌
寒獨自開遙知
不是雪爲有暗
香來王安石詠
梅詩

梅　花

宋 · 王安石

墙角数枝梅，
凌寒独自开。
遥知不是雪，
为有暗香来。

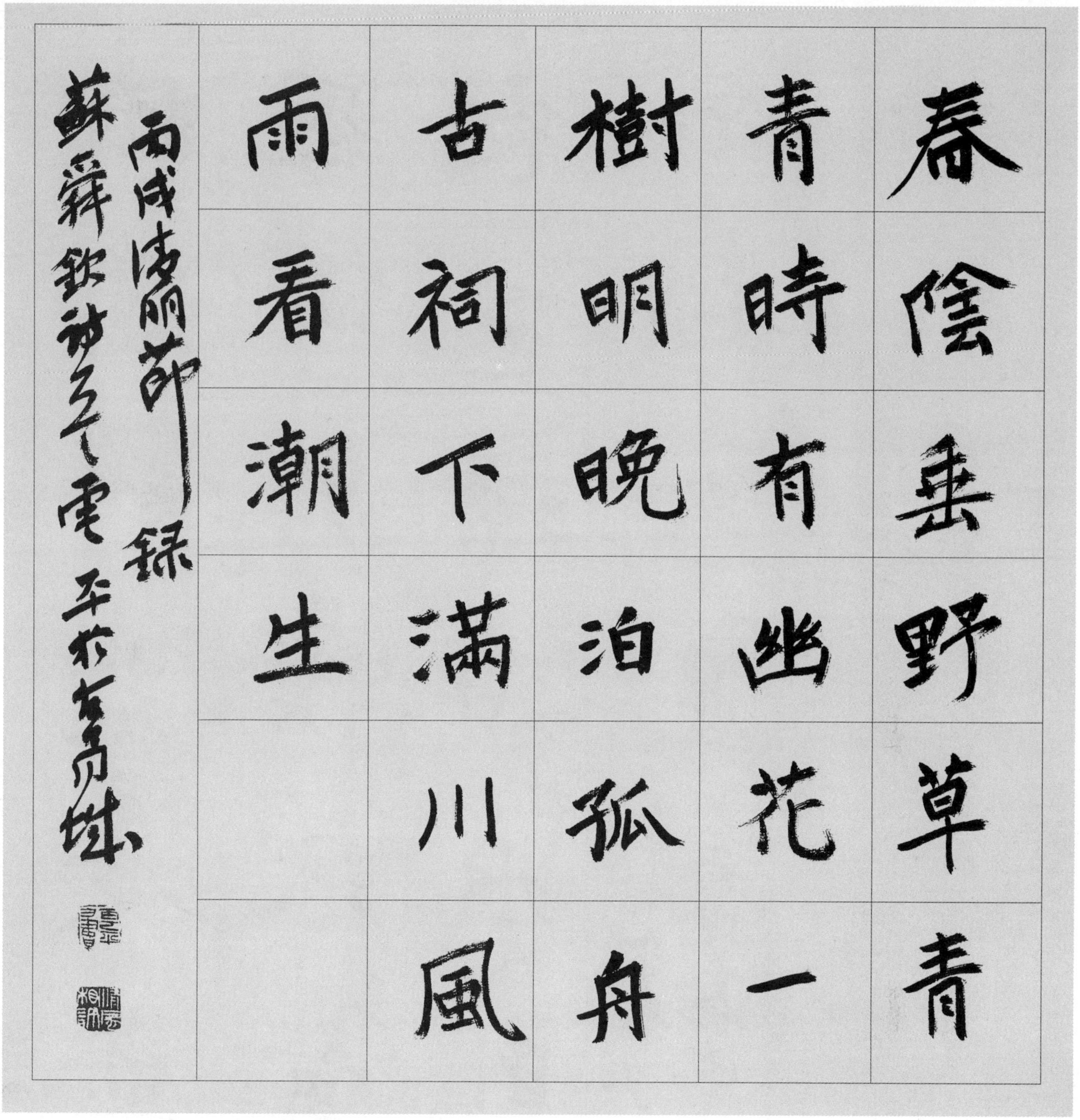
春陰垂野草青
青時有幽花一
樹明晚泊孤舟
古祠下滿川風
雨看潮生

淮中晚泊犊头

宋 · 苏舜钦

春阴垂野草青青，
时有幽花一树明。
晚泊孤舟古祠下，
满川风雨看潮生。

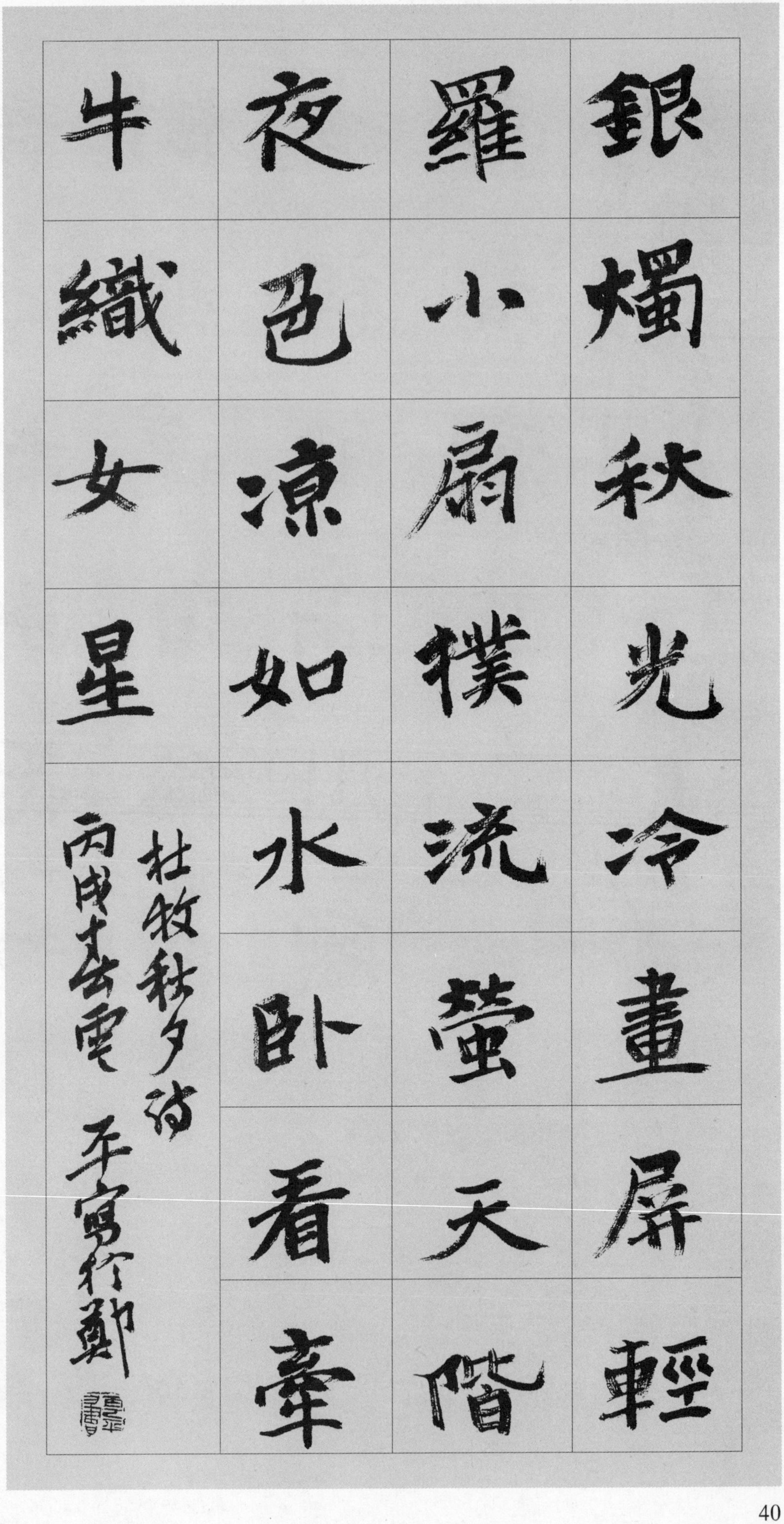

秋　夕

唐 · 杜牧

银烛秋光冷画屏，
轻罗小扇扑流萤。
天阶夜色凉如水，
卧看牵牛织女星。

赠汪伦

唐 · 李白

李白乘舟将欲行，
忽闻岸上踏歌声。
桃花潭水深千尺，
不及汪伦送我情。

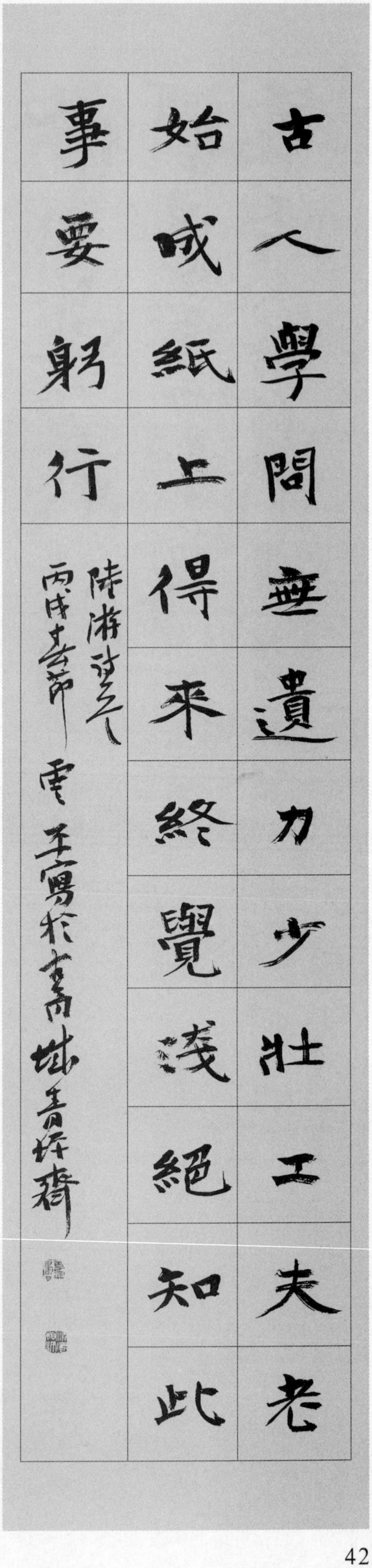

冬夜读书示子聿

宋 · 陆游

古人学问无遗力，
少壮工夫老始成。
纸上得来终觉浅，
绝知此事要躬行。

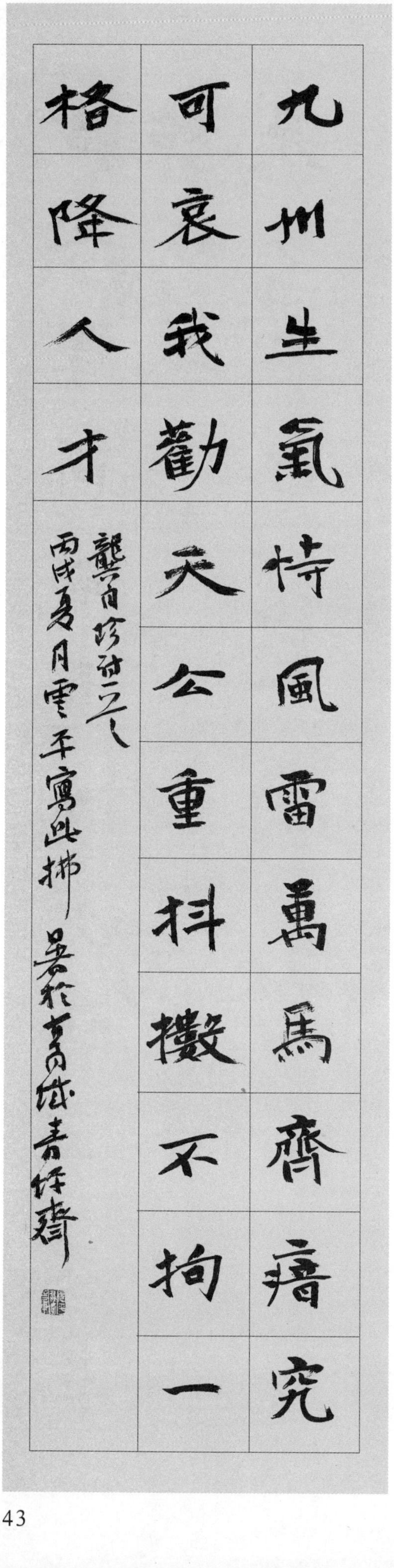

己亥杂诗

清 · 龚自珍

九州生气恃风雷，
万马齐喑究可哀！
我劝天公重抖擞，
不拘一格降人才。

樓倚霜樹外鏡
天無一毫南山
與秋色氣勢兩
相高
杜牧長安秋望

长安秋望

唐 · 杜牧

楼倚霜树外，
镜天无一毫。
南山与秋色，
气势两相高。

城　南

宋·曾巩

雨过横塘水满堤，
乱山高下路东西。
一番桃李花开尽，
唯有青青草色齐。

桃花溪

唐 · 张旭

隐隐飞桥隔野烟，
石矶西畔问渔船。
桃花尽日随流水，
洞在清溪何处边？

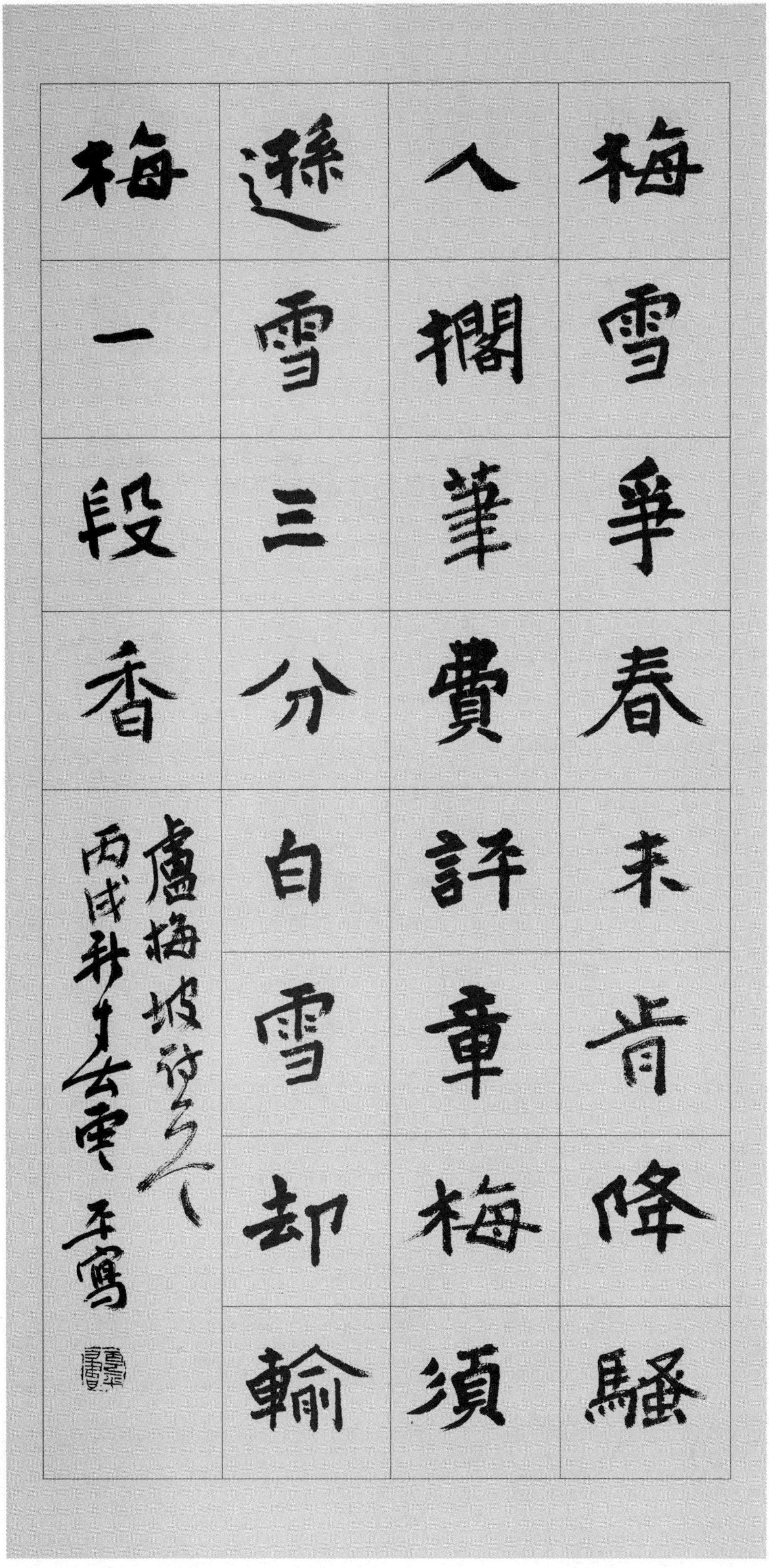

梅　雪

宋·卢梅坡

梅雪争春未肯降，
骚人搁笔费评章。
梅须逊雪三分白，
雪却输梅一段香。

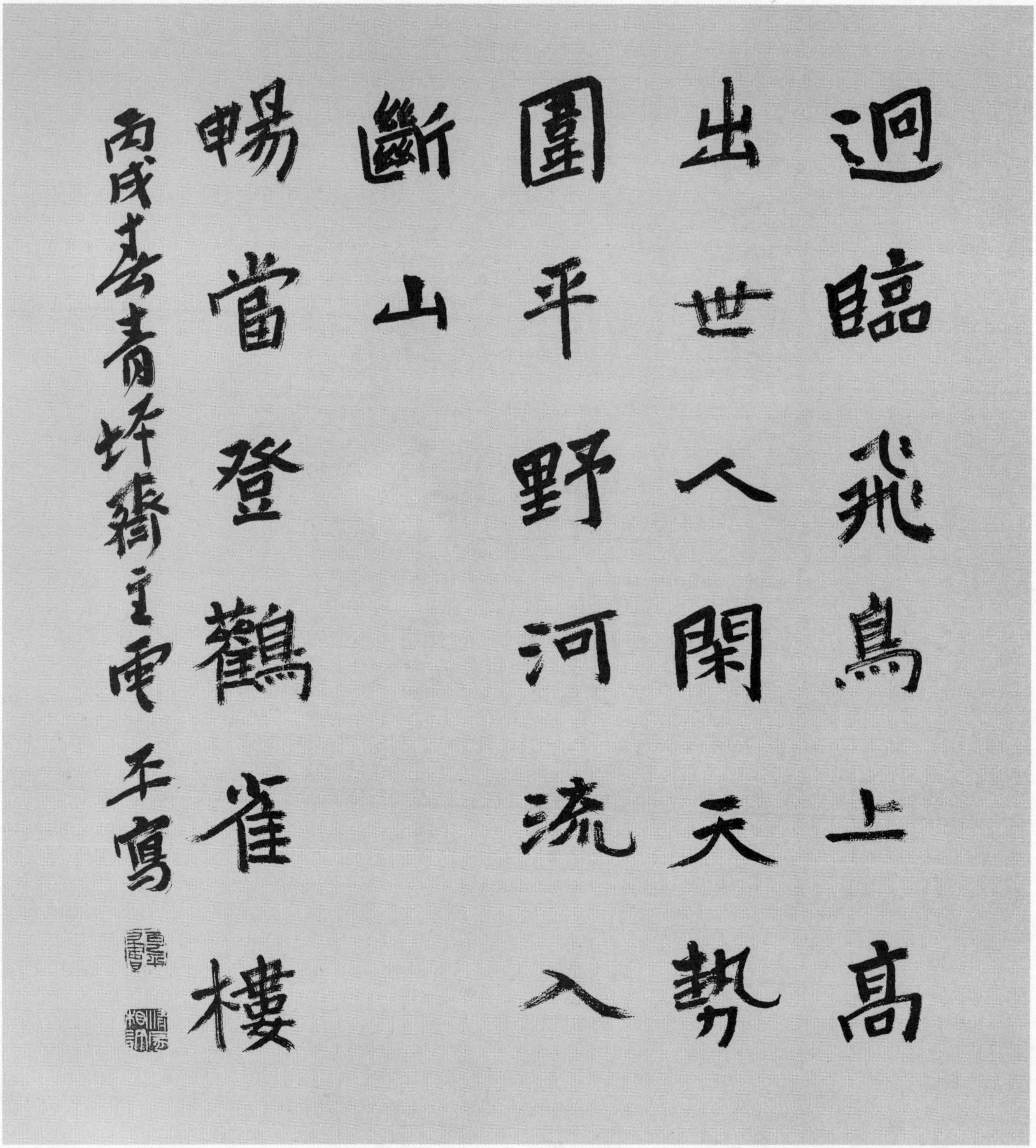
迴臨飛鳥上高
出世人閑天勢
圍平野河流入
斷山
暢當登鸛雀樓

登鹳雀楼

唐 · 畅当

迴临飞鸟上，
高出世人闲。
天势围平野，
河流入断山。

采莲曲

唐 · 王昌龄

荷叶罗裙一色裁，
芙蓉向脸两边开。
乱入池中看不见，
闻歌始觉有人来。

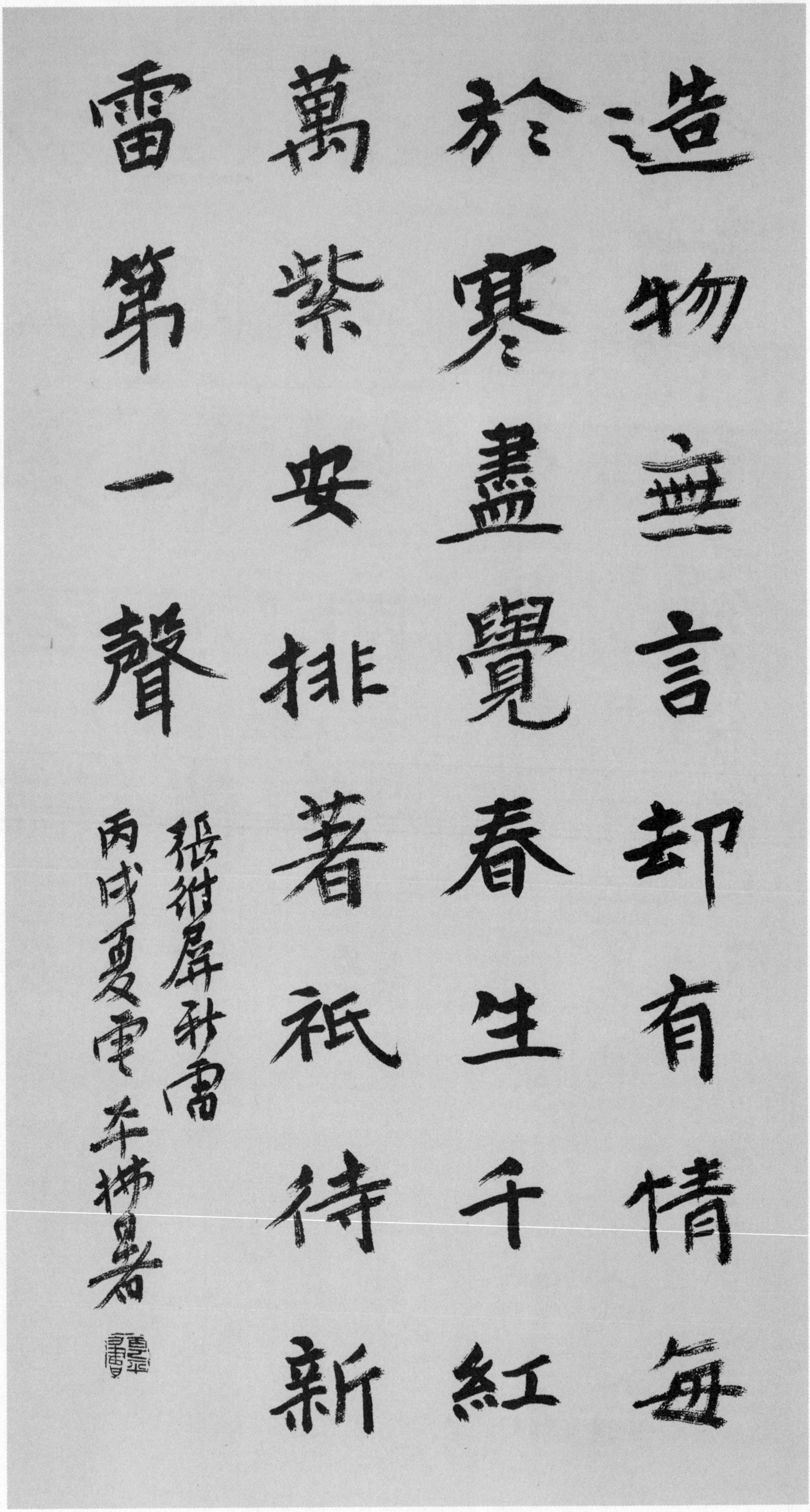
造物無言卻有情
每於寒盡覺春生
千紅萬紫安排著
祇待新雷第一聲
張維屏新雷

新　雷

清·张维屏

造物无言却有情，
每于寒尽觉春生；
千红万紫安排著，
只待新雷第一声。

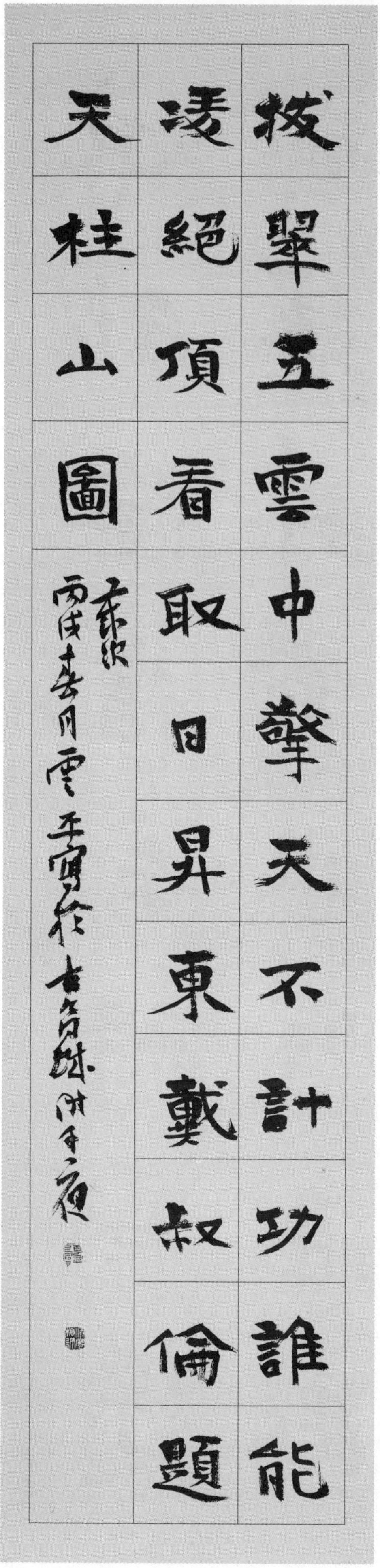

题天柱山图

唐 · 戴叔伦

拔翠五云中，
擎天不计功。
谁能凌绝顶，
看取日升东。

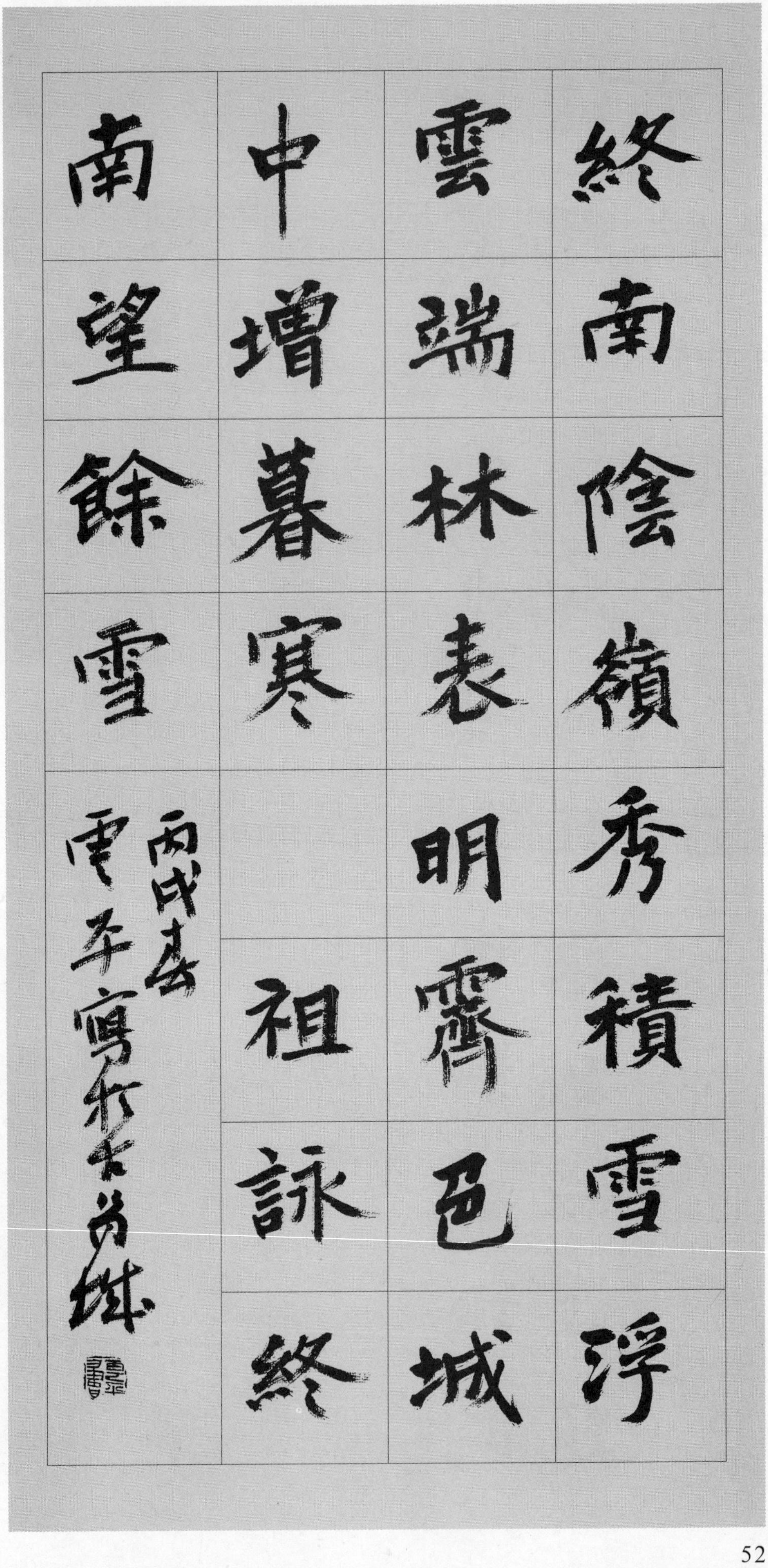

终南望馀雪

唐 · 祖咏

终南阴岭秀，
积雪浮云端。
林表明霁色，
城中增暮寒。

青海長雲暗雪山孤
城遥望玉門關黃沙
百戰穿金甲不破樓
蘭終不還

从军行

唐 · 王昌龄

青海长云暗雪山，
孤城遥望玉门关。
黄沙百战穿金甲，
不破楼兰终不还。

江上渔者

宋 · 范仲淹

江上往来人，
但爱鲈鱼美。
君看一叶舟，
出没风波里。

江南春绝句

唐 · 杜牧

千里莺啼绿映红，
水村山郭酒旗风。
南朝四百八十寺，
多少楼台烟雨中。

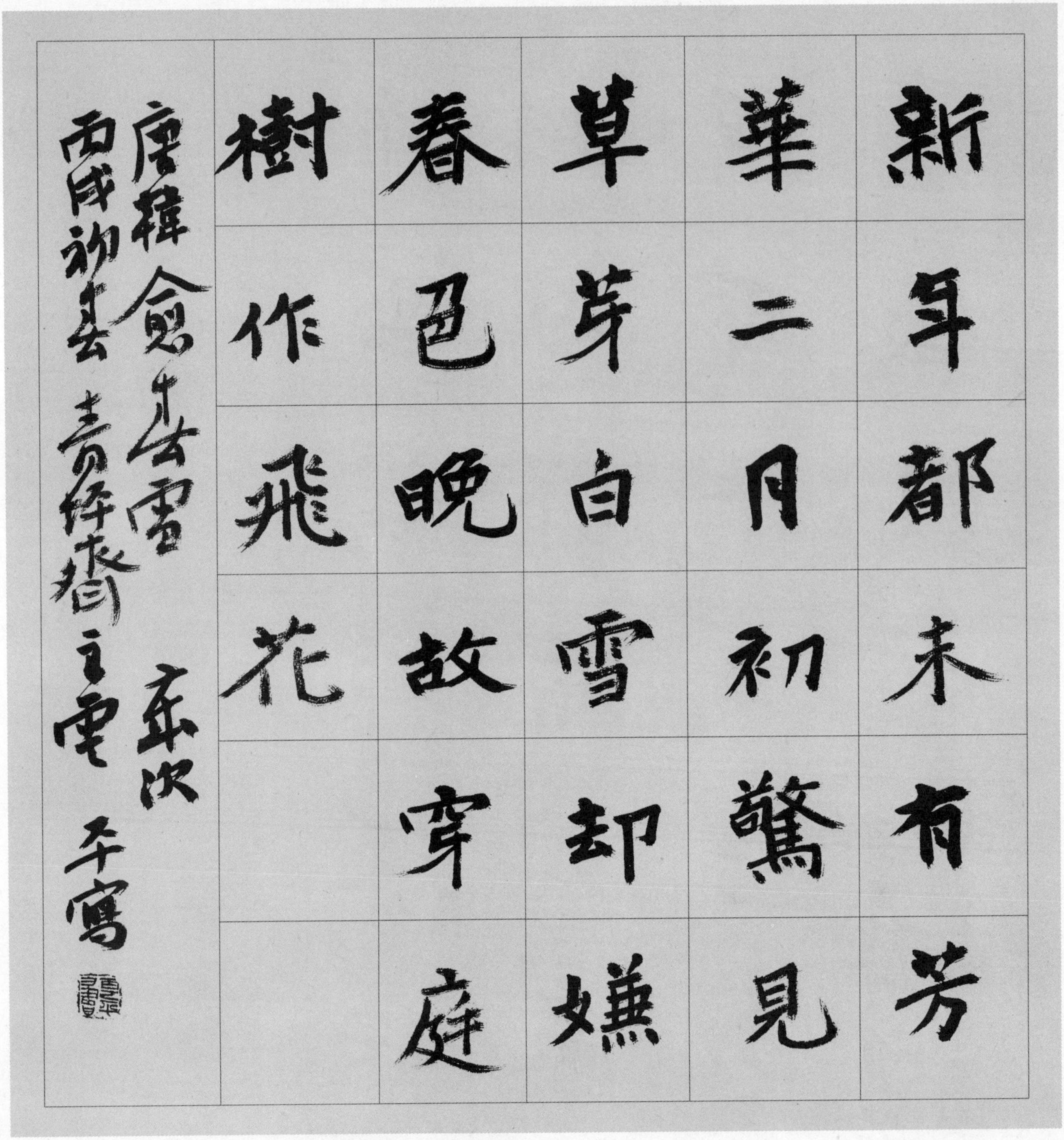

春　雪

唐 · 韩愈

新年都未有芳华，
二月初惊见草芽。
白雪却嫌春色晚，
故穿庭树作飞花。

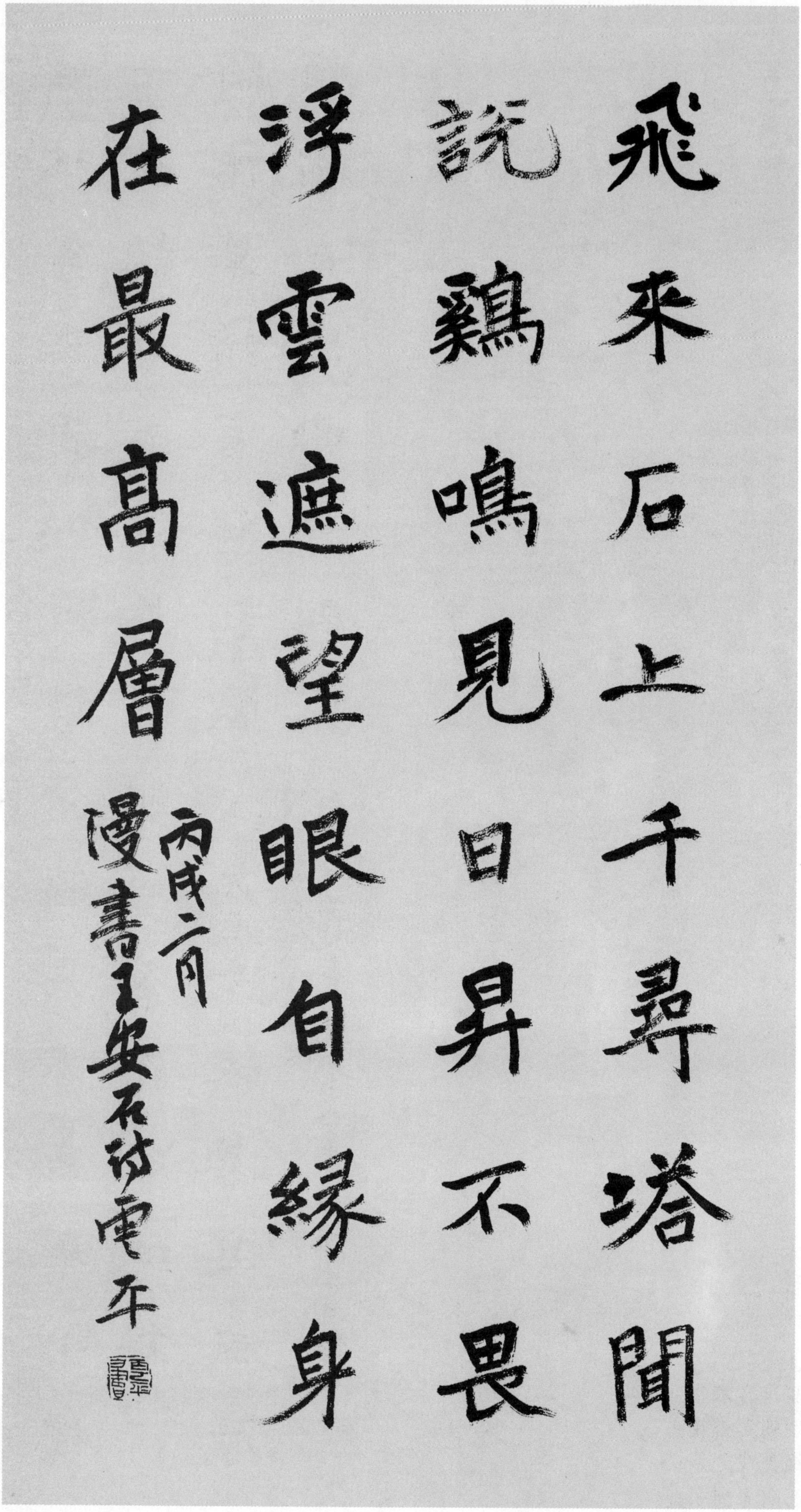
飛來石上千尋塔
聞説鷄鳴見日昇
不畏浮雲遮望眼
自緣身在最高層
丙戌二月
漫書王安石詩

登飞来峰

宋 · 王安石

飞来石上千寻塔，
闻说鸡鸣见日升。
不畏浮云遮望眼，
自缘身在最高层。

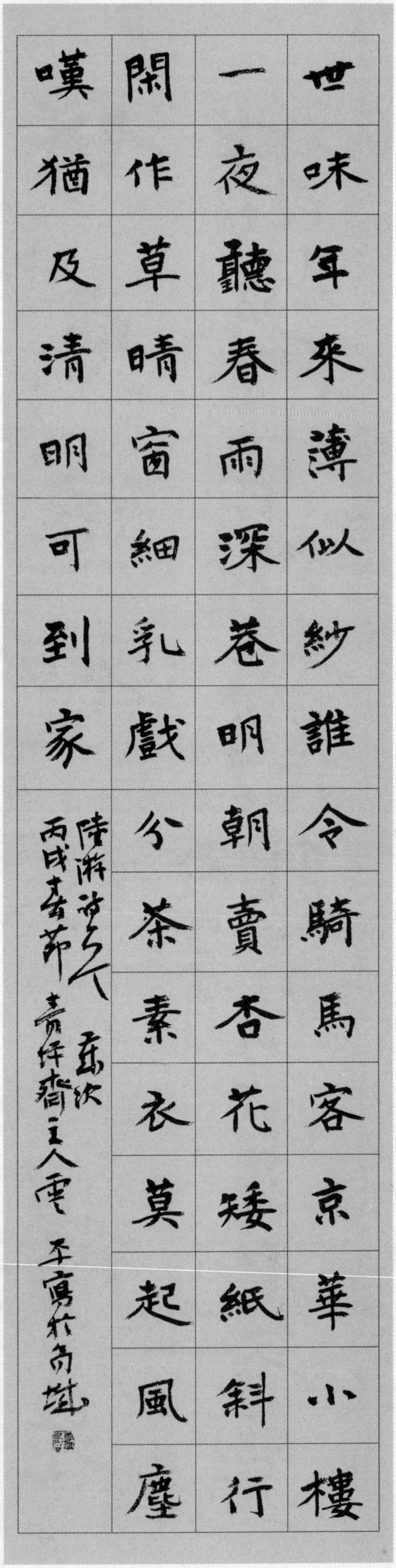
世味年来薄似紗誰令騎馬客京華小樓
一夜聽春雨深巷明朝賣杏花矮紙斜行
閑作草晴窗細乳戲分茶素衣莫起風塵
嘆猶及清明可到家

临安春雨初霁

宋 · 陆游

世味年来薄似纱，谁令骑马客京华。
小楼一夜听春雨，深巷明朝卖杏花。
矮纸斜行闲作草，晴窗细乳戏分茶。
素衣莫起风尘叹，犹及清明可到家。

游园不值

宋 · 叶绍翁

应怜屐齿印苍苔，
小叩柴扉久不开。
春色满园关不住，
一枝红杏出墙来。

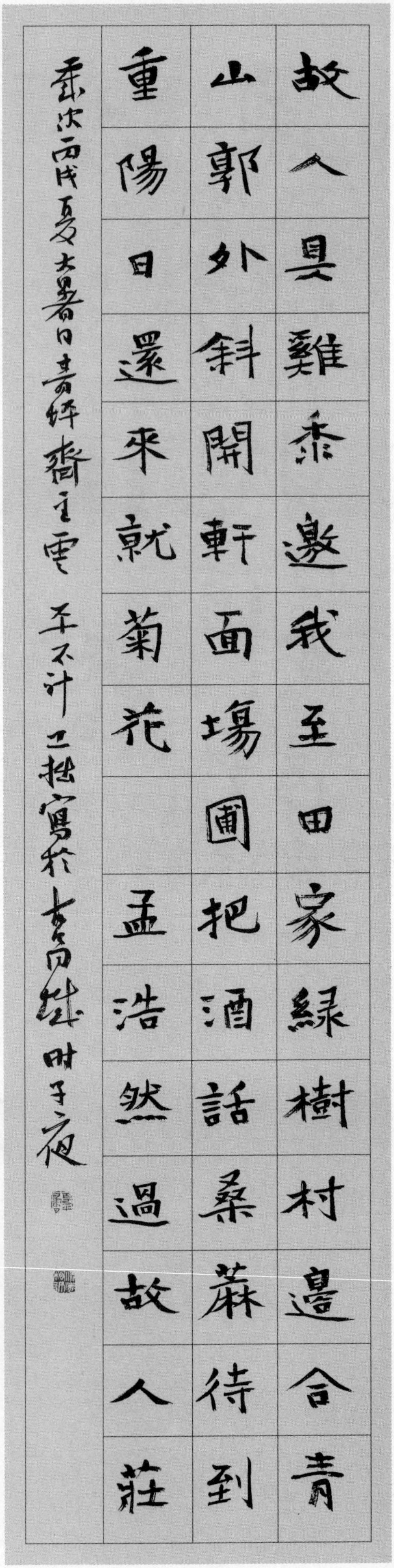
故人具雞黍邀我至田家綠樹村邊合青
山郭外斜開軒面場圃把酒話桑麻待到
重陽日還來就菊花孟浩然過故人莊

过故人庄

唐 · 孟浩然

故人具鸡黍，邀我至田家。
绿树村边合，青山郭外斜。
开轩面场圃，把酒话桑麻。
待到重阳日，还来就菊花。

墨　梅

明 · 王冕

我家洗砚池头树，
朵朵花开淡墨痕。
不要人夸颜色好，
只留清气满乾坤。

题西林壁

宋 · 苏轼

横看成岭侧成峰，
远近高低各不同。
不识庐山真面目，
只缘身在此山中。

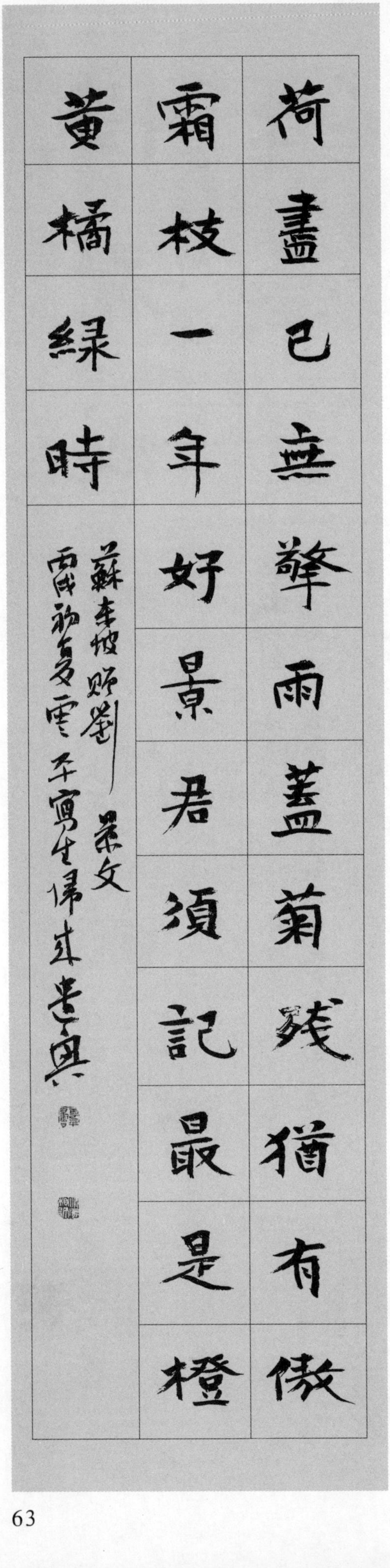
荷盡已無擎雨蓋
菊殘猶有傲霜枝
一年好景君須記
最是橙黃橘綠時
蘇東坡贈劉景文

赠刘景文

宋 · 苏轼

荷尽已无擎雨盖，
菊残犹有傲霜枝。
一年好景君须记，
最是橙黄橘绿时。

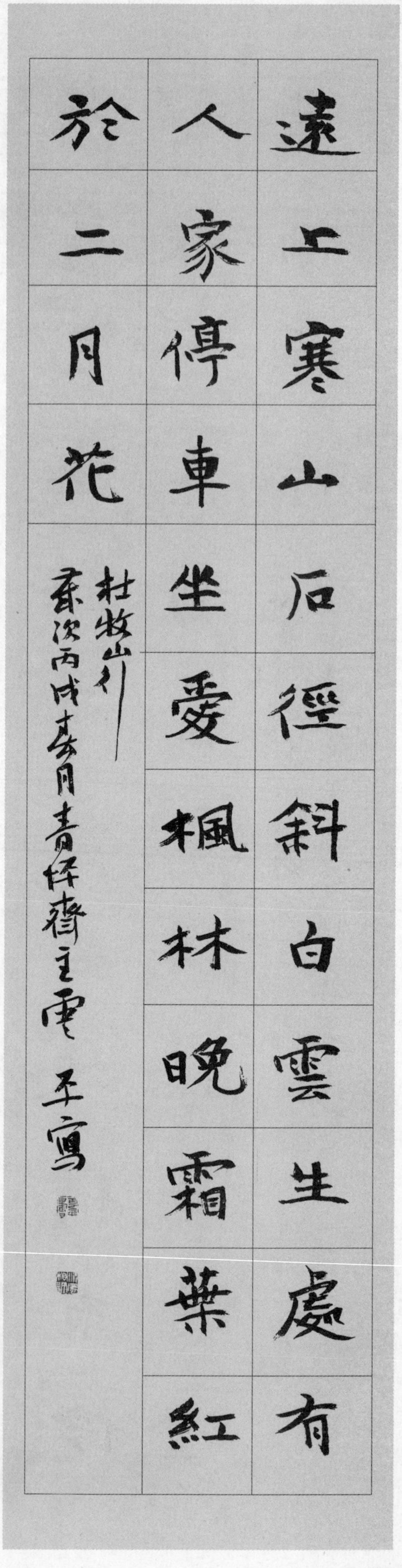
遠上寒山石徑斜白雲生處有
人家停車坐愛楓林晚霜葉紅
於二月花
杜牧山行

山 行

唐 · 杜牧

远上寒山石径斜，
白云生处有人家。
停车坐爱枫林晚，
霜叶红于二月花。

移家别湖上亭

唐 · 戎昱

好是春风湖上亭，
柳条藤蔓系离情。
黄莺久住浑相识，
欲别频啼四五声。

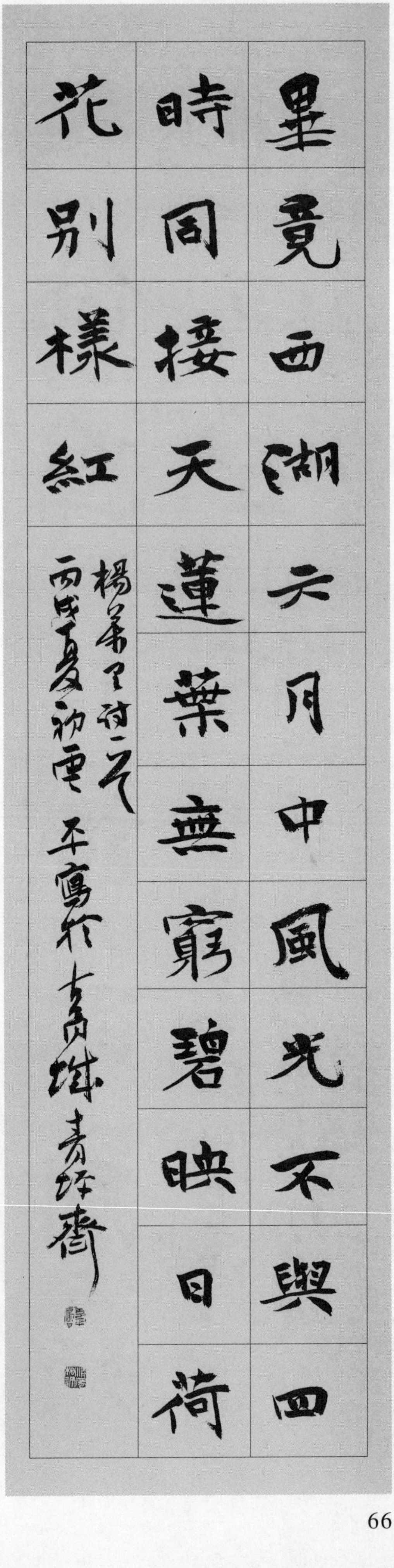
畢竟西湖六月中風光不與四時同接天蓮葉無窮碧映日荷花別樣紅

晓出净慈寺送林子方

宋 · 杨万里

毕竟西湖六月中，
风光不与四时同。
接天莲叶无穷碧，
映日荷花别样红。

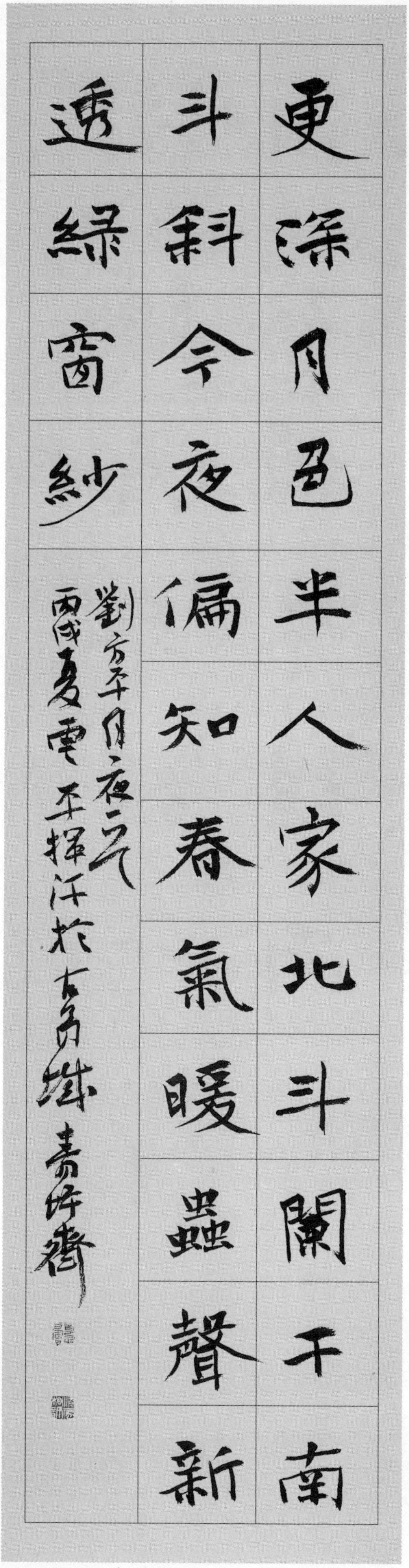
更深月色半人家北斗闌干南斗斜今夜偏知春氣暖蟲聲新透綠窗紗

月　夜

唐 · 刘方平

更深月色半人家，
北斗阑干南斗斜。
今夜偏知春气暖，
虫声新透绿窗纱。

南浦春來綠一川石橋朱塔兩依然年年送客橫塘路細雨垂楊繫畫船

横　塘

宋·范成大

南浦春来绿一川，
石桥朱塔两依然。
年年送客横塘路，
细雨垂杨系画船。

宿江店

唐 · 张籍

野店临江浦，门前有橘花。
停灯待贾客，卖酒与船家。
夜静江水白，路回山月斜。
闲寻泊舟处，潮落见平沙。

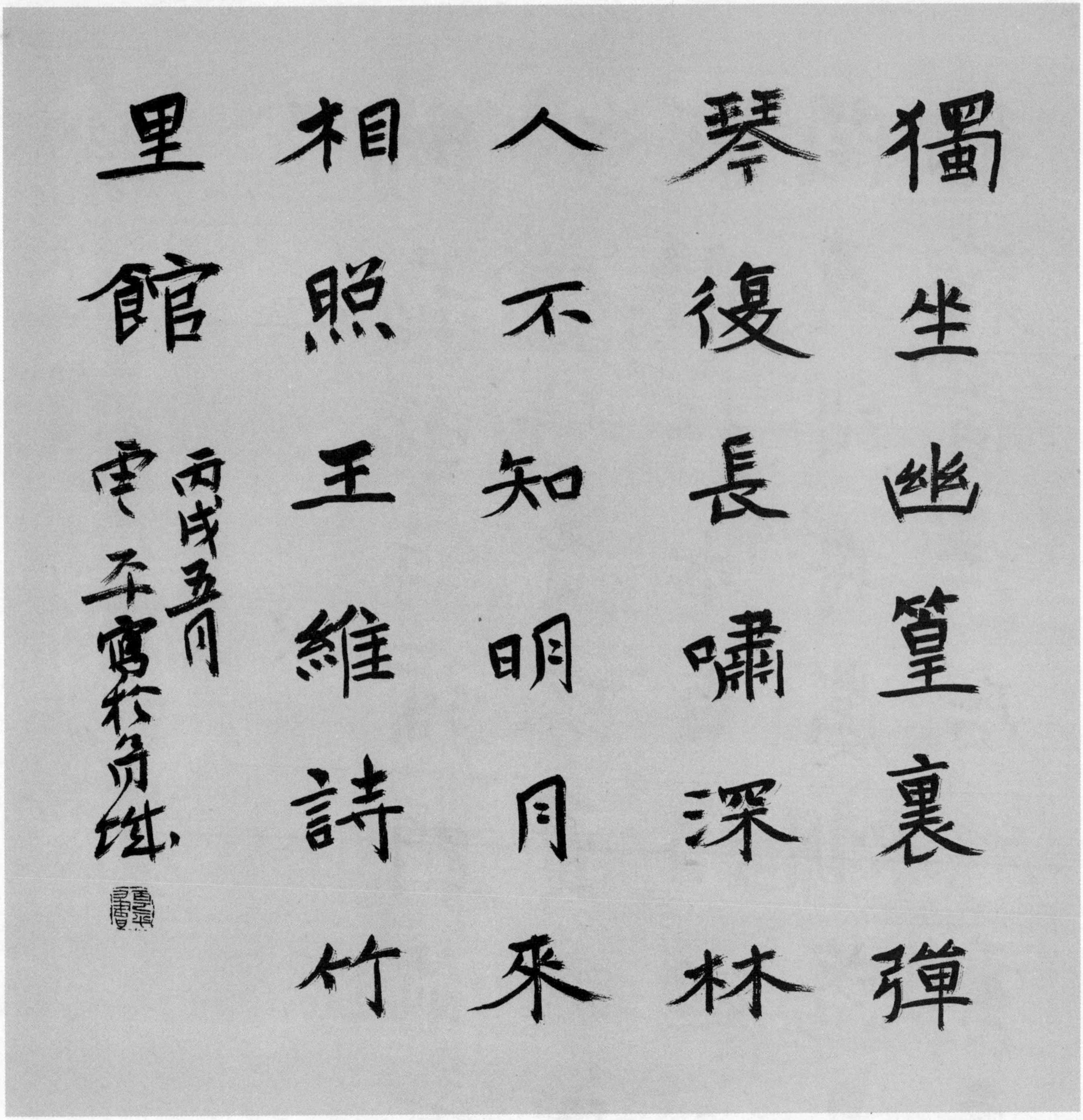
獨坐幽篁裏彈
琴復長嘯深林
人不知明月來
相照王維詩竹
里館
丙戌五月

竹里馆

唐 · 王维

独坐幽篁里，
弹琴复长啸。
深林人不知，
明月来相照。

早发白帝城

唐 · 李白

朝辞白帝彩云间，
千里江陵一日还。
两岸猿声啼不住，
轻舟已过万重山。

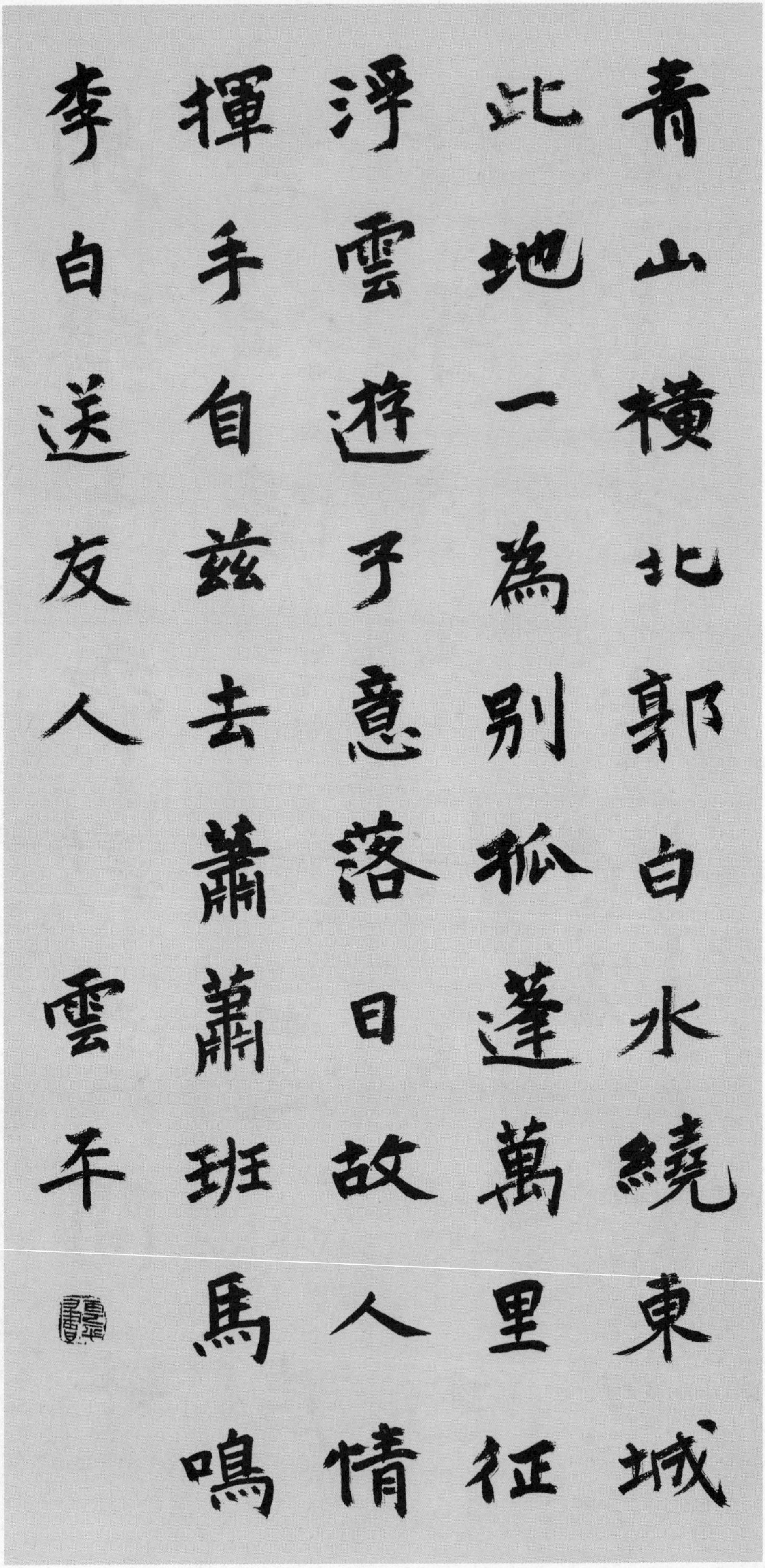
青山橫北郭白水繞東城
此地一為別孤蓬萬里征
浮雲遊子意落日故人情
揮手自茲去蕭蕭班馬鳴
李白送友人雲平

送友人

唐 · 李白

青山横北郭，白水绕东城。
此地一为别，孤蓬万里征。
浮云游子意，落日故人情。
挥手自兹去，萧萧班马鸣。

春城無處不飛
花寒食東風御
柳斜日暮漢宮
傳蠟燭輕煙散
入五侯家

寒　食

唐 · 韩翃

春城无处不飞花，
寒食东风御柳斜。
日暮汉宫传蜡烛，
轻烟散入五侯家。

次北固山下

唐 · 王湾

客路青山下，行舟绿水前。
潮平两岸阔，风正一帆悬。
海日生残夜，江春入旧年。
乡书何处达，归雁洛阳边。

宿建德江

唐 · 孟浩然

移舟泊烟渚，
日暮客愁新。
野旷天低树，
江清月近人。

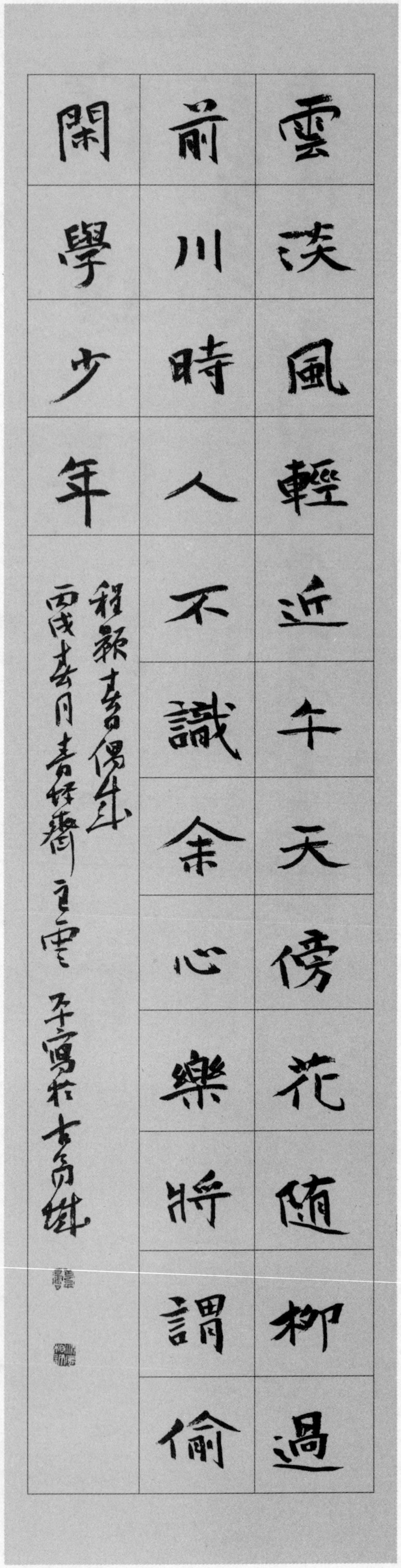

春日偶成

宋 · 程颢

云淡风轻近午天，
傍花随柳过前川。
时人不识余心乐，
将谓偷闲学少年。

小浦聞魚躍横
林待鶴歸閑雲
不成雨故傍碧
山飛陸放翁
詩一首

柳桥晚眺

宋 · 陆游

小浦闻鱼跃，
横林待鹤归。
闲云不成雨，
故傍碧山飞。

寒　夜

宋 · 杜耒

寒夜客来茶当酒，
竹炉汤沸火初红。
寻常一样窗前月，
才有梅花便不同。

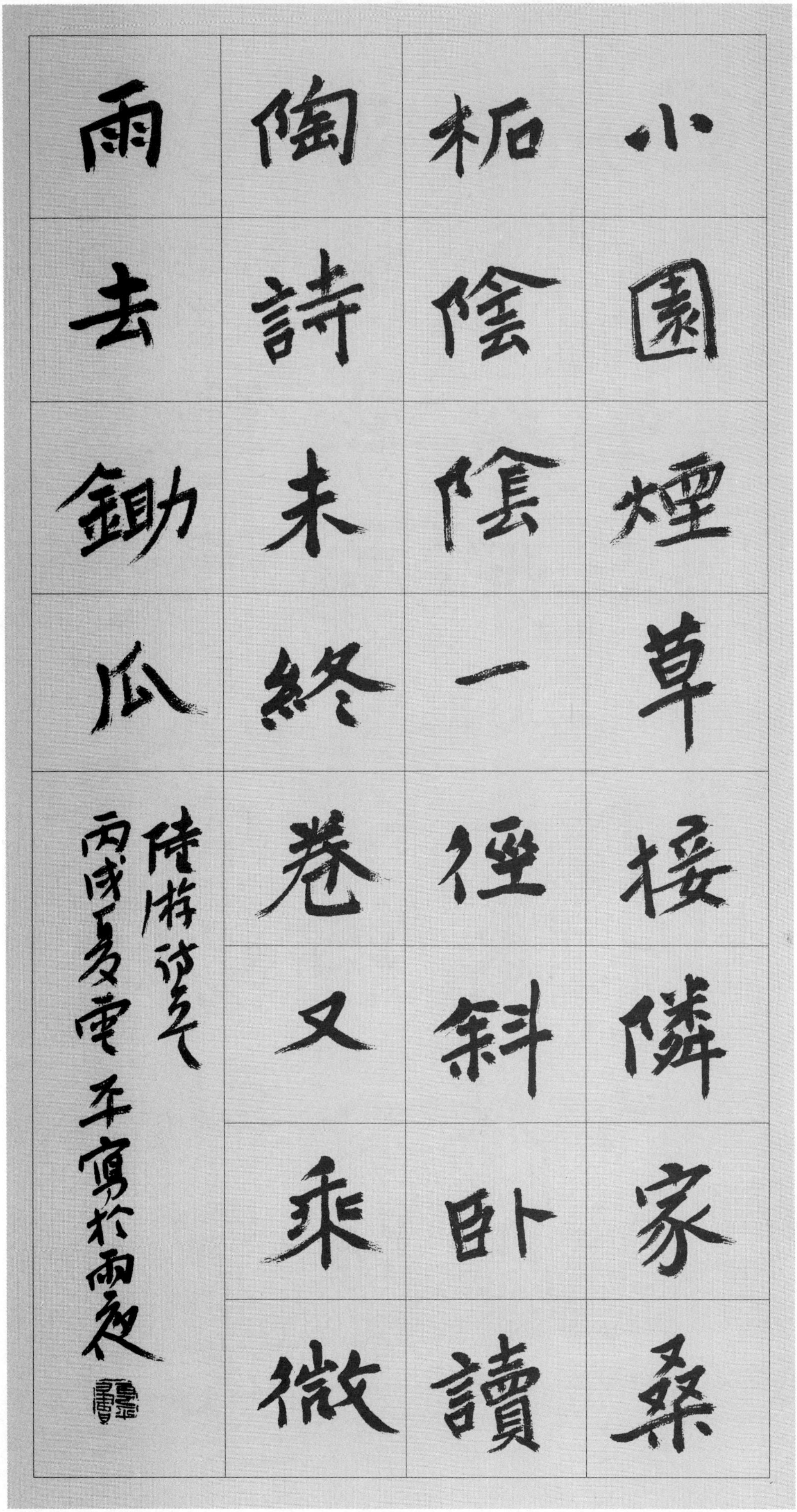

小园（其一）

宋 · 陆游

小园烟草接邻家，
桑柘阴阴一径斜。
卧读陶诗未终卷，
又乘微雨去锄瓜。

岱宗夫如何齊魯青未了
造化鍾神秀陰陽割昏曉
蕩胸生層雲決眥入歸鳥
會當凌絕頂一覽衆山小
杜甫望岳 雯平寫

望　岳

唐 · 杜甫

岱宗夫如何？齐鲁青未了。
造化钟神秀，阴阳割昏晓。
荡胸生层云，决眦入归鸟。
会当凌绝顶，一览众山小。

春　晓

唐 · 孟浩然

春眠不觉晓，
处处闻啼鸟。
夜来风雨声，
花落知多少。

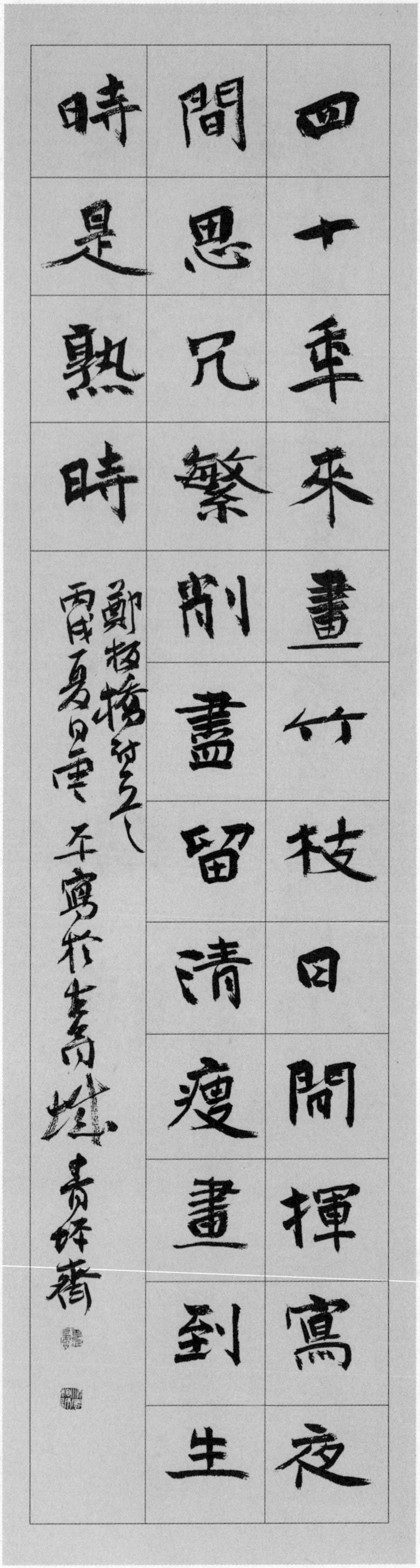

题画竹

清 · 郑燮

四十年来画竹枝，
日间挥写夜间思。
冗繁削尽留清瘦，
画到生时是熟时。

垂緌飲清露流
響出疏桐居高
聲自遠非是藉
秋風
虞世南詠蟬詩

蝉

唐 · 虞世南

垂緌饮清露，
流响出疏桐。
居高声自远，
非是借秋风。

昔人已乘黃鶴去此地空餘黃鶴樓黃鶴
一去不復返白雲千載空悠悠晴川歷歷
漢陽樹芳草萋萋鸚鵡洲日暮鄉關何處
是煙波江上使人愁

黄鹤楼

唐 · 崔颢

昔人已乘黄鹤去，此地空余黄鹤楼。
黄鹤一去不复返，白云千载空悠悠。
晴川历历汉阳树，芳草萋萋鹦鹉洲。
日暮乡关何处是？烟波江上使人愁。

咏　柳

唐 · 贺知章

碧玉妆成一树高，
万条垂下绿丝绦。
不知细叶谁裁出，
二月春风似剪刀。

钱塘湖春行

唐 · 白居易

孤山寺北贾亭西，水面初平云脚低。
几处早莺争暖树，谁家新燕啄春泥。
乱花渐欲迷人眼，浅草才能没马蹄。
最爱湖东行不足，绿杨阴里白沙堤。

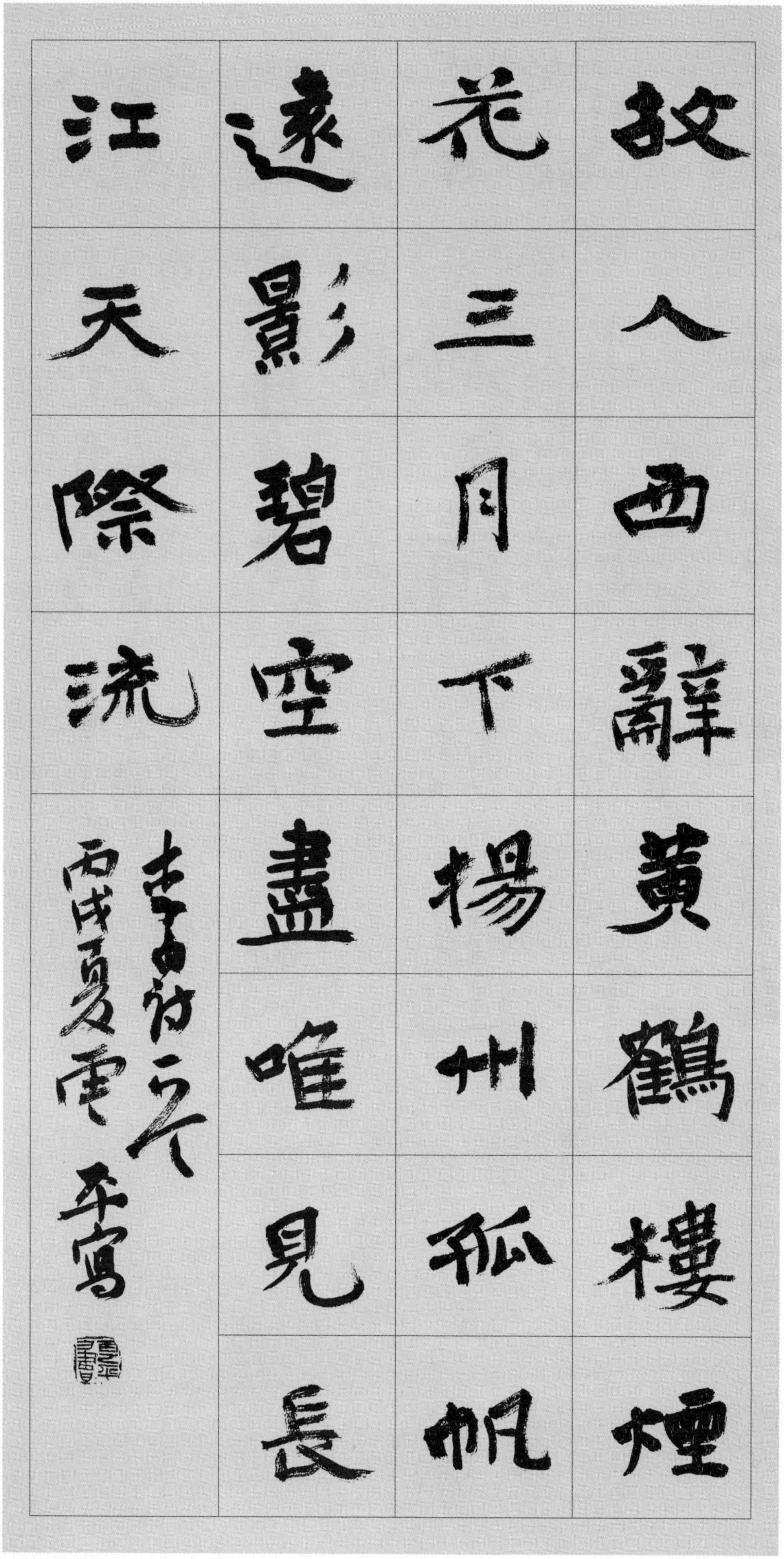

黄鹤楼送孟浩然之广陵

唐 · 李白

故人西辞黄鹤楼，
烟花三月下扬州。
孤帆远影碧空尽，
唯见长江天际流。

绝句二首（其二）

唐 · 杜甫

江碧鸟逾白，
山青花欲燃。
今春看又过，
何日是归年？

鸟鸣涧

唐 · 王维

人闲桂花落，
夜静春山空。
月出惊山鸟，
时鸣春涧中。

问刘十九

唐 · 白居易

绿蚁新醅酒，
红泥小火炉。
晚来天欲雪，
能饮一杯无。

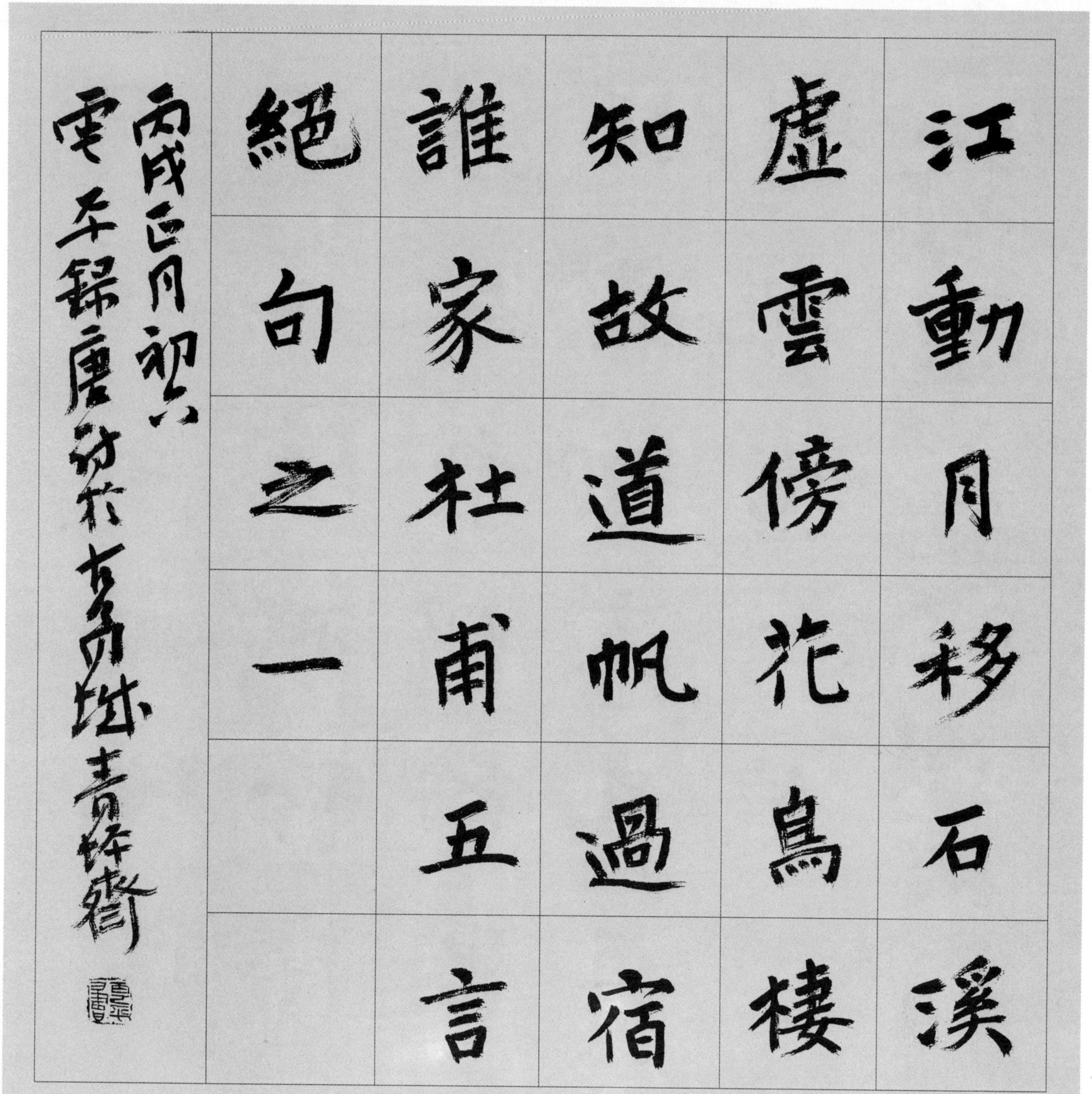
江動月移石溪
虛雲傍花鳥棲
知故道帆過宿
誰家杜甫五言
絕句之一

绝句六首（选一）

唐·杜甫

江动月移石，
溪虚云傍花。
鸟栖知故道，
帆过宿谁家？

江　雪

唐 · 柳宗元

千山鸟飞绝，
万径人踪灭。
孤舟蓑笠翁，
独钓寒江雪。

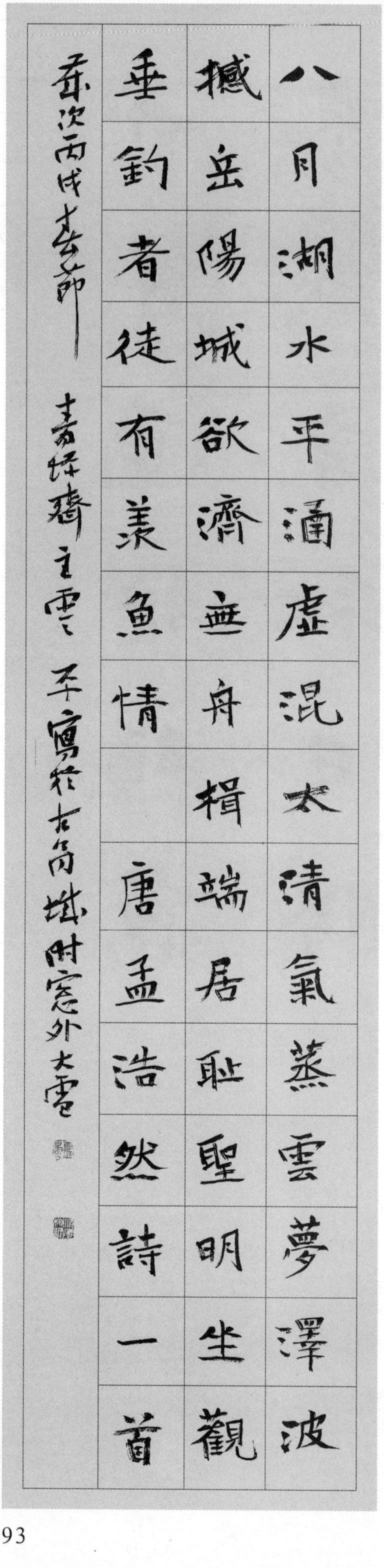
八月湖水平涵虛混太清氣蒸雲夢澤波
撼岳陽城欲濟無舟楫端居恥聖明生觀
垂釣者徒有羨魚情 唐孟浩然詩一首

望洞庭湖赠张丞相

唐 · 孟浩然

八月湖水平，涵虚混太清。
气蒸云梦泽，波撼岳阳城。
欲济无舟楫，端居耻圣明。
坐观垂钓者，徒有羡鱼情。

秋　词

唐 · 刘禹锡

自古逢秋悲寂寥，
我言秋日胜春朝。
晴空一鹤排云上，
便引诗情到碧霄。

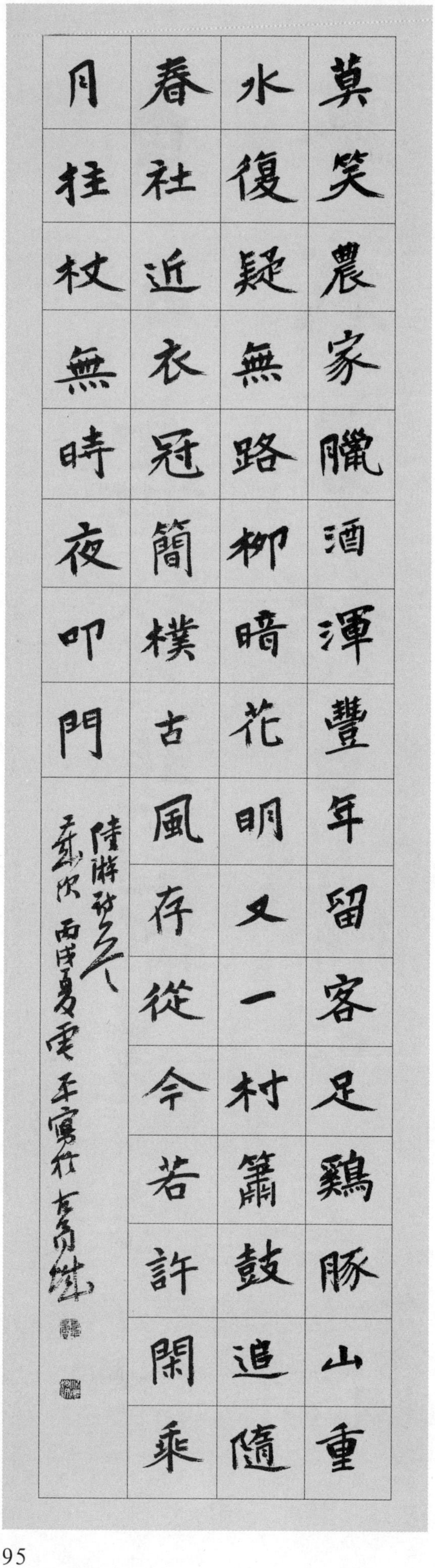
莫笑農家臘酒渾豐年留客足鷄豚山重
水復疑無路柳暗花明又一村簫鼓追隨
春社近衣冠簡樸古風存從今若許閑乘
月拄杖無時夜叩門

游山西村

宋 · 陆游

莫笑农家腊酒浑，丰年留客足鸡豚。
山重水复疑无路，柳暗花明又一村。
箫鼓追随春社近，衣冠简朴古风存。
从今若许闲乘月，拄杖无时夜叩门。

獨憐幽草澗邊生上
有黃鸝深樹鳴春潮
帶雨晚來急野渡無
人舟自橫

滁州西涧

唐 · 韦应物

独怜幽草涧边生，
上有黄鹂深树鸣。
春潮带雨晚来急，
野渡无人舟自横。

独坐敬亭山

唐 · 李白

众鸟高飞尽，
孤云独去闲。
相看两不厌，
只有敬亭山。

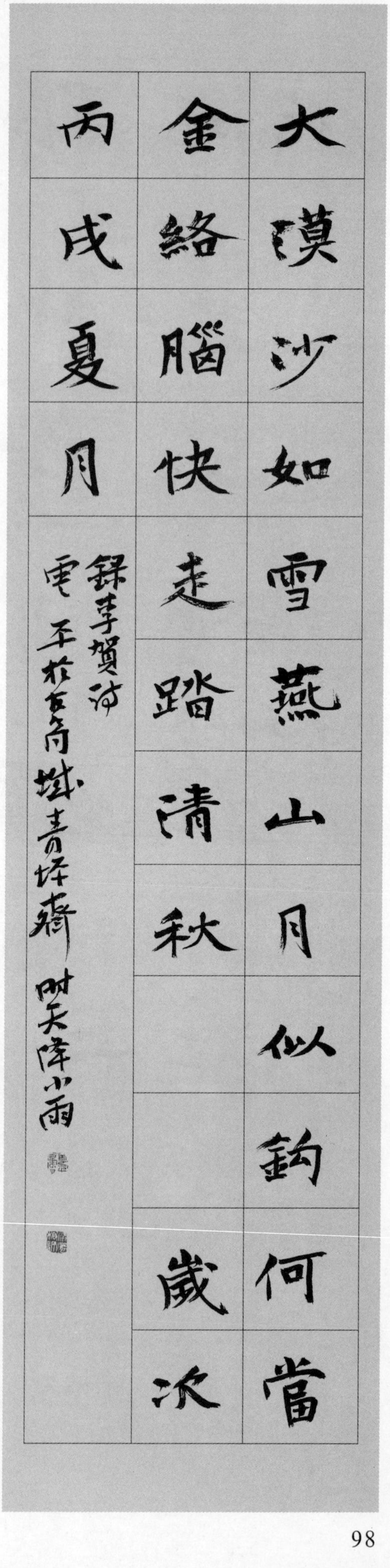

马诗二十三首（其五）

唐 · 李贺

大漠沙如雪，
燕山月似钩。
何当金络脑，
快走踏清秋。

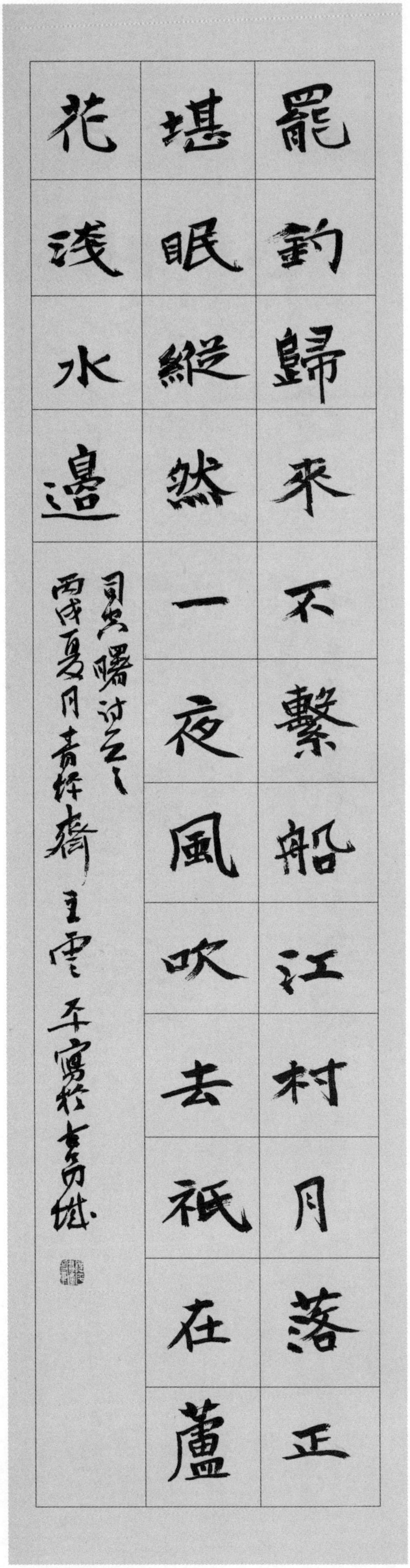

江村即事

唐 · 司空曙

罢钓归来不系船，
江村月落正堪眠。
纵然一夜风吹去，
只在芦花浅水边。

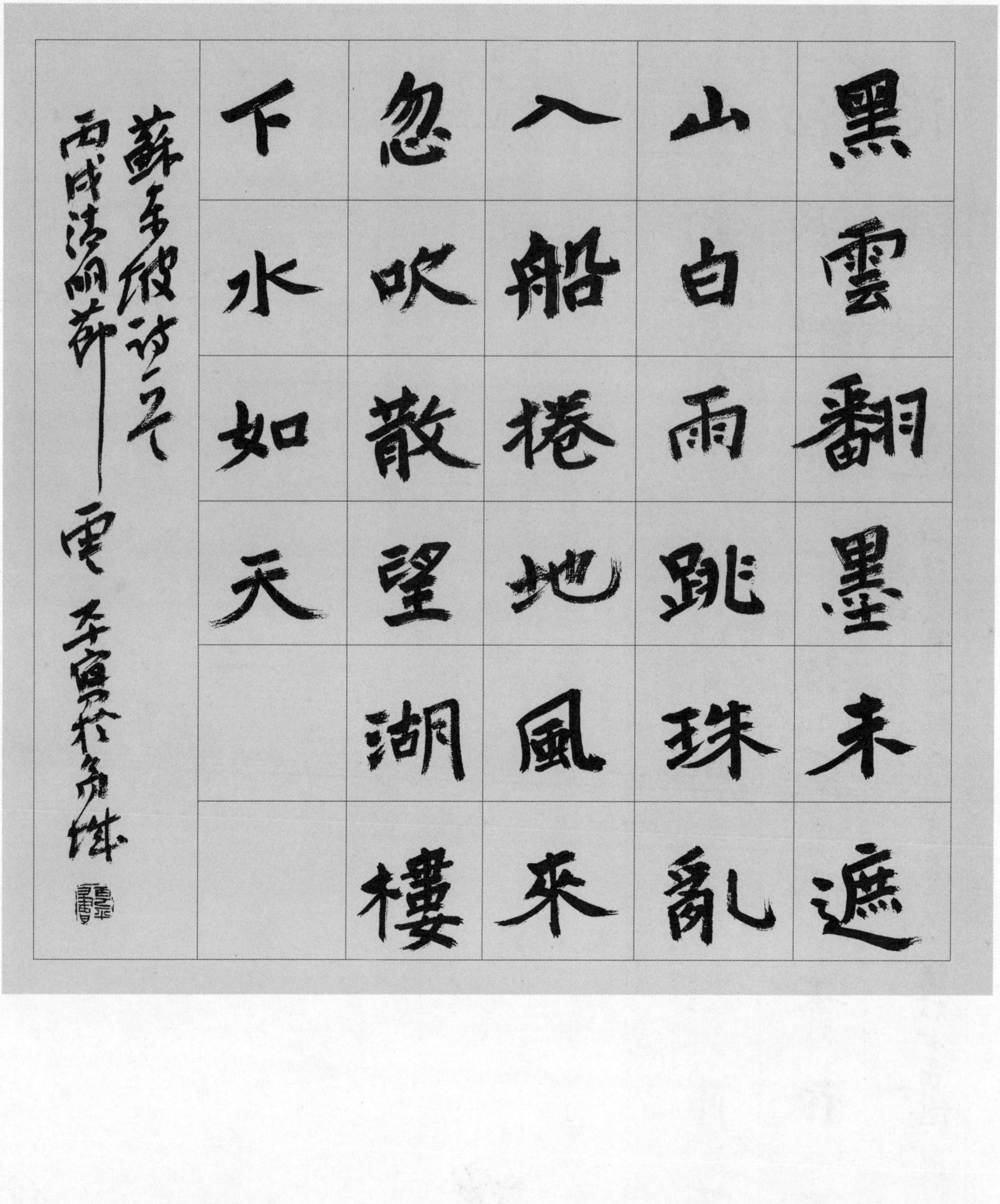

六月二十七日望湖楼醉书

宋 · 苏轼

黑云翻墨未遮山，
白雨跳珠乱入船。
卷地风来忽吹散，
望湖楼下水如天。

楷书创作随想

云　平

一、关于取法

书法是一门传统艺术。既然是传统，我们就要讲师承，讲流派，讲古人总结的法则。

楷书如何取法？长期以来一直没有定论。有人主张以唐人为法，有人主张以魏晋为法，还有人主张将两者结合起来。我个人观点，学习楷书先从唐人入手，然后再上溯到魏晋是最完善的取法途径。我们知道，楷书成型于魏晋，而鼎盛时期在唐。唐人不仅把前人的各种笔法都一一完善，而且风格也呈现多样化。有人这样总结，唐人楷书自始至终都贯穿着『法』的建立、『法』的成熟和『法』的扩张。严谨缜密的法度，把唐楷推向极致，达到了登峰造极的顶点。因此，我们需要用唐人楷书的书写法则来约束和规范我们的书写习惯，使我们在学习传统中提高对书法的认识，然后由『有法』之门，逐渐进入到『无法』之境，最终达到从心所欲、『达其情性』的艺术领域。

取唐人之法，重点在笔法和字法的训练。以笔法论，『唐人妙处，在不轻不重之间，重规叠矩，以风神出之』。这就需要我们在长期的临池过程中对点画之形态、用笔之方圆、行笔之提按等方面按照具体的书写步骤准确地表达出来，使每一笔画都能达到『笔笔所至，不失法度』、『随心所欲不逾矩』的程度，并由此打下深厚的技法基础。在这些方面，我们可选择欧阳询、颜真卿的范本为学习的基础法则。

在重视笔法的同时，我们还要研究唐人的字法。我个人认为，唐代纵然书家林立，风格迥异，但字的组合方法不出两大类。一是欧阳询纵势的组字方法，一是颜真卿横势的组字方法。前者严谨险峻，后者雄深宽博，被后人誉为唐人楷书的两座高峰。他们的组字方法，不仅承传着王羲之『风规自远』的主流书法脉络，同时还折射出中国书法以『中和』为美的审美取向。所以，我们需要对欧、颜这两家的楷书进行认真、细致的学习，并通过他们的楷书来探究唐代楷书的组字方法以及体势等。

走完了唐人楷书的路程，我们就可以进入魏晋书法的殿堂探其奥妙了。具体步骤我们可分为两步实现：第一是由元朝碑版入手，取其用笔的率意和结字的自然之趣；第二是由六朝碑版再上溯到晋人，笔法取其神理，字法取其雅致。走完了这两步，我们可以把唐人楷书与魏晋楷书进行糅合，取两者之精华，融个人之性情，展个人之追求，确立个人之风格。

简而言之，楷书的取法对每一个学习书法的人来讲都是非常重要的，古人云『取法乎上，仅得其中；取法乎中，仅得其下』，可谓学书的至理名言。

二、关于变法

变，通常有变化、改变之含意。就书法而言，是学习到一定阶段的必然过程。前人说：『变则通，不变则死』，已成为艺术家们共同遵循的一条艺术规律。我们不妨翻阅一下中国书法史，历史上凡是开宗立派的书法大师，几乎无一例外是在经历了这一过程之后而卓然超群的。书圣王羲之，初学卫夫人，后学张芝、钟繇等众家，因博采众长，变质朴为俊雅，流畅自然，开晋代书风。唐颜真卿，远承『二王』余绪，近取唐代褚遂良、张长史以及魏晋以来民间书法中的有益成分，以篆书之法写楷书，终于融铸百家另开新面，使楷书之法为之一变、一新，成为继王羲之之后的又一座高峰。再如五代杨凝式、宋代苏东坡以及明清时期的众多书家，他们不是以古为新者，就是集前人之大成者。他们的艺术实践说明，书法之变对于一个书家风格的形成，不仅至关重要，而且意义深远。当代书法大师沙孟海先生说：『写字贵在能变，魏碑结体之妙，完全在于善变。我们试翻任何魏碑，把它里面相同的字法拈出来比较，几乎没有一个姿态是相同的。』沙孟海先生还说：『学书死守一块碑帖临写而不知变通，结果不是漆工，便是泥匠，有什么价值呢？』我们以沙孟海先生之语来对照他的书法，不难发现，先生不仅善学，而且善变。先生早年书学颜真卿、苏东坡以及六朝碑版等，后受业于近代书画大师吴昌硕，仅四年时间吴先生就去世了。在这短短的四年里，沙孟海先生并没有趋步于吴昌硕先生擅长的《石鼓文》书体，而是借鉴吴昌硕先生变古之法，糅颜、苏和六朝碑版为一体，古法新用，终于变法成功，成为二十世纪有影响的书法大家。

变法一定要有深厚的基础。不积小流，无以成江海。这又如沙孟海先生所说：『书法的基础越厚越好。』基础积累得愈深，我们对于传统的认识也就愈加深刻，变法的路子也会更加清晰、更加准确。

变法又是需要一定方法的。沙孟海先生说：『学习书法应兼收碑帖之长处，既不能盲目崇拜，又不去一味抹煞。而是要有分析、有批判地吸取其精华，扬弃其糟粕。』我们可以把唐人的法度与六朝碑版的情趣结合在一起，让两者之间的某些特点互为转化，相互融合，产生出新的变化、新的艺术形式。如需进一步说明，即用唐人笔笔精到的法度来补充六朝碑版笔法的随意性。反过来，我们还可以用六朝碑版多变的姿态来打破唐楷的工稳，力求达到『出新意于法度之中，寄妙理于豪放之外』的艺术境界。

变法还需有明确的方向。如果一个艺术家对自己的审美取向、表现形式、风格特征没有明晰的努力方向是不能成功的。晚唐柳公权最可贵处是在唐代书法鼎盛期过后创出『柳体』，他书法早年学『二王』，后参以北碑并间融虞世南、欧阳询、薛稷、李北海、颜真卿等众家之长，尤其是受欧阳询、颜真卿的影响最深。他没有在欧、颜这两座高峰前拜倒不起，而是对欧、颜书体进行解体、改造和全新组合。习欧，他得其意态精密；取颜，他得其筋劲挺拔，最终以其『骨』而成为历代学书者的楷模。

近代书画大师吴昌硕，平生矢志《石鼓文》，寒暑不辍。先生云：『余学篆好临石鼓，数十载从事于此，一日有一日之境界。』我们窥测先生临《石鼓文》之用意，乃是于精熟之中变变不已，变出新意。

由此我们可以看出，一个艺术家风格的形成是经过不断的变化而完成的，变法是一种突破，变法是一个自我个性的展现。

三、关于表现

历史上，每个时期的书法都具有极强的时代特征。如前人所说的晋人尚韵、唐人尚法、宋人尚意都是时代特征的集中概括。而书法的时代特征往往都具有很强的表现性。孙过庭讲『古不乖时，今不同弊』，我们学习古人不能违背时代潮流，追求时代风尚不能流于庸俗。当今书法创作已进入到了以表现为重要目的的时期，楷书的创作也要顺应时代的审美要求。那么楷书创作应从哪些方面来表现呢？我个人认为，要立足于三个方面。第一是笔法。古人认为『用笔千古不易』，书法的核心是笔法，没有笔法，书法之艺术性将无从谈起。但是我们又不能死守古法，时代需要我们不断地丰富笔法。因此，我们可在传统的基础上，或多或少不严格恪守楷书的规矩法度，甚至可以大胆地将行书的某些写法融入其中，使楷书的用笔有书写性和节奏感。第二是结字。我们知道，书体之间、流派之间、风格之间的区别，突出的表现是在字法上。赵孟頫说：『盖结字因时相传』，可见字法是可以改变的因素。我们要借助于这一可变因素，古为今用，在字势上、变形上、组合方式上，使字之疏密、收放、正敧等方面意趣横生，丰富多彩。第三是用墨。古人云『凡作楷，墨应干，然不可太燥』，都是对书法的表现很具体的要求。苏东坡喻之用墨『须湛湛然如小儿目睛』，可见古人对用墨一直是很重视的。在传统书法中，楷书因为具体书写法则的限制，用墨一般比较单一，变化不大，这显而易见是不能满足当代书法多元化、多种形式、多种表现手法的需要。因此，我们必须要对楷书的用墨方式进行拓展。我们不妨在楷书中加些『韵致』，有了『韵致』，字法就能透出神采。王僧虔云：『书之妙道，神采为上，形质次之。』这既是用笔之谈，又是用墨之说，同时也说明笔法和墨法是不能割裂的。我们还可以把王铎行书的『涨墨』法引入到楷书创作中，用墨色的晕涨，将字的线条渗化为一个块面，使之产生很强的视觉效果。当然『涨墨』的运用是需要有分寸、有节制的，否则将会失之于粗野，从一个极端走向另一个极端。

楷书的用墨还要突出一个『活』字，墨用活了，字才有生气，有神采。而做到这些，就需要我们在长期的创作实践中去摸索和提炼。

总之，楷书要写出新意，虽然很难，但绝非高不可攀，这就需要我们在取法上、变法上、表现手法上有
见解，以超越前人的勇气，创作出合乎自我情性的楷书作品。

二〇〇六年秋于郑州